当代文学的力量

时代的声音

尚书房

北京文学

重点优秀作品

低天空

——珠三角女工的痛与爱

丁　燕 著

报告文学卷

北京文学月刊社 主编

文化发展出版社
Cultural Development Press

图书在版编目（CIP）数据

低天空：珠三角女工的痛与爱 / 丁燕等著．—北京 ：文化发展出版社有限公司，2016.9
（《北京文学》重点优秀作品　北京文学月刊社主编）
ISBN 978-7-5142-1484-0

Ⅰ．①低… Ⅱ．①丁… Ⅲ．①报告文学－作品集－中国－当代 Ⅳ．① I25

中国版本图书馆 CIP 数据核字 (2016) 第 193579 号

低天空——珠三角女工的痛与爱

丁燕 / 著

出 版 人：赵鹏飞
总 策 划：尚振山
责任编辑：曹振中　罗佐欧
责任校对：岳智勇　　**责任印制**：杨　骏
责任设计：侯　铮　　**排版设计**：麒麟传媒

出版发行：文化发展出版社（北京市翠微路 2 号　邮编：100036）
网　　址：www.printhome.com　www.keyin.cn
经　　销：各地新华书店
印　　刷：北京兴星伟业印刷有限公司
开　　本：787mm × 1092mm　1/32
字　　数：81 千字
印　　张：8.5
印　　次：2016 年 9 月第 1 版　2019 年 2 月第 2 次印刷
定　　价：36.00 元
I S B N ：978-7-5142-1484-0

◆ 如发现任何质量问题请与我社发行部联系。发行部电话：010-88275710

《北京文学》重点优秀作品

（以得票多少为序，票数相同以发表时间为序）

【中篇小说】：《暗杀刘青山张子善》作者：李　唯

《朗霞的西街》作者：蒋　韵

《出门远行》作者：孙春平

《蓝名单》作者：杨少衡

《鸭舌帽》作者：尤凤伟

【短篇小说】：《火锅子》作者：铁　凝

《合作》作者：刘庆邦

《老爸的家庭会议》作者：女　真

《秘密》作者：霍　艳

《都市众生》作者：聂鑫森

【报告文学】：《低天空：珠三角女工的痛与爱》作者：丁　燕

《赶考——西柏坡感思》作者：李春雷

《探海蛟龙》作者：陈　新

《绝地上的诞生—— 一个令人发疯的科学神话》作者：陈启文

《落寞夕阳——中国农村留守老人现状采访记》作者：李琭璐

【散　　文】：《谁能够让你站起来》作者：张秀超

《命如蒿草》作者：赵　殷

《小孩，男人，狗》作者：袁劲梅

《亲爱的花朵》作者：安　然

【诗　　歌】：《且行且吟》作者：吴开展

《东方集》作者：黄　梵

《于坚的诗》作者：于　坚

【新人新作】：《二月里来好春光》作者：刘紫剑

《太平湖》作者：李学辉

《原点》作者：周建标

【转载作品】：《晚安玫瑰》作者：迟子建

《第四十圈》作者：邵　丽

《金山寺》作者：尤凤伟

《良霞》作者：李凤群

《世间已无陈金芳》作者：石一枫

《晚祷》作者：蒋　韵

《月煞》作者：孙　频

《种桃种李种春风》作者：余一鸣

《报道》作者：红　日

《莲露》作者：陈　谦

北京文学月刊社

2016 年 6 月

前　言

文学照耀生活，精品点亮人生。

亲爱的读者，此刻呈现在您眼前的这套10卷本作品集，系我社举办的《北京文学》2013年～2014年重点优秀作品评选的上榜之作，囊括了两年间《北京文学》（精彩阅读）和《北京文学·中篇小说月报》发表的文学作品精华，包括

《北京文学》（精彩阅读）的原创中篇小说、短篇小说、报告文学、新人新作、散文和诗歌6大门类的25部优秀作品，以及《北京文学·中篇小说月报》转载的10部优秀中篇小说。这些作品，是经过《北京文学》编辑部严格把关、层层推选出来的。进入初评的候选作品，参考了作品发表之后的社会反响，如转载情况、读者反馈、文学界各方评价等，由《北京文学》编辑部集体讨论确定。终评上榜的优秀作品，由国内著名作家、评论家、编辑家组成的终评委，在集中讨论、充分发表意见基础上，现场无记名投票，按照得票多寡评出。这些作品，题材多样，风格迥异，内蕴丰富，精彩纷呈，作者队伍也实力强劲。在中篇小说、短篇小说、报告文学、散文、诗歌5个门类的30多位获奖作者中，既有铁凝、刘庆邦、迟子建、蒋韵、尤凤伟等知名作家，也有石一枫、孙频、霍艳、陈新等新锐作家，还有袁劲梅、陈谦等活跃的海外华人作家。

此前，《北京文学》曾以"《北京文学》奖"和"老舍散文奖"的形式评选奖励优秀作品，由于近年国家文化主管部门规范各类评奖，从本届评选开始，北京文学月刊社原有的"《北京文学》奖"和"老舍散文奖"合二为一，改为按年度划分的优秀作品评选，对优秀作品资金的扶持力度也大幅度提高。这套10卷本的优秀作品丛书，既是我社对2013年～2014年《北京文学》(精彩阅读)和《北京文学·中篇小说月报》发表作品的一次集中检阅，也是这两年间中国文学精品力作的一次集中呈现，值得广大文学读者阅读和收藏。

北京文学月刊社

2016年7月

目　录

报告文学

低天空：珠三角女工的痛与爱 |丁　燕|

丁燕，女，20世纪70年代出生于新疆哈密市，毕业于中国人民大学新闻学院，后读新疆师范大学古代文学研究生。1987年开始发表作品，被称为“葡萄诗人”，第三届东莞文学院签约作家。有诗歌入选1999年、2002年、2005年、2008年《中国最佳诗歌年选》，作品被翻译介绍到美国、加拿大等地。2011年获第三届“中国当代十大杰出青年诗人”称号。出版诗集《午夜葡萄园》；同时从事散文、小说创作，出版长篇小说《木兰》、散文集《和生命约会40周》《王洛宾音乐地图》《生命中第一个365天》《阳光洒满上学路》等十余部，有作品被《小说月报》《北京文学·中篇小说月报》《散文选刊》《诗选刊》转载。现居广东东莞，专事写作。

引　子

女性的天空是低的，羽翼是稀薄的，而身边的累赘又是笨重的！

——萧红

第一章　沉默迁徙

1. 工装人

那条横幅一直挂在那里：大量招收男女工，薪多粮准！

宽红布，大白字，如火如荼的感叹号。

工厂过去和现在都需要人，而工人并非生来就是工人，在某段时间，工人是被邀请到工厂来的。和传统大厂不同，在珠三角，密集的小楼里拥挤着各类小厂，重复而相像。当镜头展示其内部时，总竭力表现出信息的完整性没有受到损害，然而，遮蔽和裁剪，总令工人的身影模糊不清。

从新疆迁居珠三角后，每当我对某些场景提出疑问——人们为何走路吃盒饭，厢式货车为何横冲直撞，邮局提款机前为何排长队，皆被一句轻描淡写的话所打发：工厂多啊。那条通往镇中心的道路，正午时分，行人稀疏，但在清晨或黄昏，车轮滚滚，人流澎湃，米粉店、小卖部、菜场或水果摊前，到处是穿工装的人。

很快我便发现：事情比我所看到的更为复杂。在我的周围，半明半暗中，大多数是穿工装的人，数百名、上千名穿工装的人……这么说，简直像在拍电影，然而，这是真的。在新疆，我学会到游牧文明的魂是转场，农耕文明的根在定居，然而，对工业化进程中的钢铁、戒律和坚硬，我是盲目的。这一空白，令我对目光所及的南方景象，总处于惊讶状态。我变得不安起来。我的不安告诉我，在我的近旁，还有另一个隐秘世界。我想进入到那里去，不是被人介绍，处处受照顾地体验生活，而是自己拿着身份证，递过去。

于是，我像这样说的做了。

中年女瞄了我一眼，即刻作出判断：你干不下来的……

又问：高中（我在学历一栏填了高中）？见我点头，说我帮你问一下 QC(Quality controller 的英文缩写，质量检查员）招不招人。

我穿着灰衣灰裤旧运动鞋，戴着隐形眼镜，试图让以往的身份变得模糊，然而，这个女人依旧看出了某种差别。我身旁的女人粗矮黑胖，头发腻成缕，她不会写自己的名字，掏出身份证，让保安帮她写，而中年女对这举动没提出任何异议，好像这个女人才是她要招的人。

在中年女打电话时，保安递来一沓发黄的打印纸，写着各类规定：上下班要打卡，厂方有权力要求员工加班；旷工一天反扣一天工资，辞职要提前30天通知厂方；殴打他人、罢工、调戏女工，解雇时扣工资20%；严禁上班睡觉，可没收在宿舍内的煮食器……

中年女沮丧地向我摇头：不行……你年龄太大了。她的惋惜令我迷惑。她是招工的，却用某种奇怪的方式，在竭力阻止我进厂。保安突然笑起来，犀利夸张。女人把脸一沉，嚷道：我不想把人家骗来，干不了又走！……骗？除了身份证，我有什么多余的东西可骗？片刻的沉默后，中年女又拿起我的表，不甘心地问：文凭带来了吗？有复印件吗？见我摇头，她便肃然起来，在表格的职位栏，写下两个字：啤工。

可这不是啤酒厂……是音像带盒厂啊！然而，我忍住纳罕。我已不能随便发问，我已不是我自己，而是，118号。直到这时，我还不知道那个字的念法：bie(阴平)。

2. 工厂时间

第二天，6:50分，我骑着电动自行车，已拐入工业区，春风猎猎，扬起头发。迎面走来群女工，清一色土黄工装，大声说话，伴以粗粝锐笑，牙齿白得瘆人。是她们的嘴咧得比常人大，还是晨光中明暗对比更强烈？后来我才知道，她们也是啤工：我上的是白班，她们是晚班。机器24小时不休息，所以啤工一般都是两班倒，半个月白班，半个月晚班，倒班时休息2天，平时周末正常上班，每天8小时后，再加班3小时。

四周高墙包裹着办公楼、厂房、操场、宿舍楼。办公楼的玻璃窗很大，外墙悬挂着空调主机，操场上立着篮球架，宿舍楼上晾晒着衣服，而车间的模样，显得既现代又壮观……如今，这一切，都和我有了联系。我心跳怦怦地冲进门卫室，拿起卡，却不知该打两台打卡机中的哪一台。保安疾呼：这个！打卡后，我居然迟到了两分钟！我拿起手机一看：离7点还差4分钟。

虽然厂规规定，迟到或早退5分钟，扣人民币1元，我迟到了两分钟，还不会被扣款，然而，我惊诧的却是这时间！保安道：打卡机快6分钟，20年了，一直这样！我脱口而出：这种走在时间前面的时间，根本没道理！

随着我在车间的时间越长，便越理解“时间就是金钱”的内涵：抓紧一切时间，埋头苦干，是工厂创造财富的秘诀；而时间的损失，就是个人收入和公司利润的损失。不同的时间段工资不同：正常上班时间，工资较低，只有加班时间，工资才更高，故而，精打细算地控制时间，不仅来自生产机器的要求，还包括生产者本身。

保安将我带进通道，左右敞开两个巨大车间。他指着右边道：进去吧，找组长。

我傻了：谁是组长？保安眯起眼，指着晃动的白衣服说：就是他。

3. 全能眼

这就是注塑车间：水泥地面潮湿，噪声巨大，四处是碎屑，充满刺鼻的混合味。这个车间并非全封闭，相反，除东西方各有两个大门外，中部还有两个对称小门。车间长 50 米，宽 30 米，有两层楼那么高，顶部挂着排排日光灯，行车轨道上吊着大铁钩，像倒置的问号，能轻而易举勾起千斤重的货物，一圈圈铁链弯曲而下，机修工一扯，链子便哗啦响。靠墙的两侧摆放着十几台注塑机，中部立着六七根水泥柱，白灰斑驳，每根柱子上悬着台风扇，一圈圈黑铁丝，中间是花瓣心脏。

在注塑机和水泥柱的空当，垒着一摞摞高出人头的塑料箱，一摞十几个，或黄或蓝，内铺塑料薄膜，放着各类产品，在箱子和箱子间，夹着小纸条，是“塑胶成品标签”，印刷着日期、班别、机号、工号、产品、色粉号码、数量、检查员……这些红字，居然是繁体字：原来老板是香港人。

路过卫生间时，我从脏污的镜子里看到自己：土黄工装，淡黄帽子，松紧带已脱线，帽檐软塌塌耷在脑袋上，邋遢如片落叶，但我的脸色是红扑扑的。几乎所有从农村来的女孩，都持有这样的红晕；但到了工厂后的第二年，脸色就会变得发黄，及至发青、发乌。

我迎向那个穿白大褂的男人：一米八，五官祥和，但各个部位都发生了下垂，无论眉毛、眼皮、嘴角。说起来，他长得不差，但器官却从原来的位置歪斜下来，显出不可遏制的老相。他已秃顶，侧旁头发留得很长，搭到头顶，支援中央。我对他说：组长你好，我是新来的。他看了我一眼，什么都没说，转身就走。我就跟着他走。他歇脚后，指着 29 机说：你到那儿。然后，转身朝门口走去。

我完全愣怔。到那儿？干啥？

两台机器的空当内，有个女人，正从水箱里捞货，看到我，用脚踹一个反扣的塑料箱过来：坐。箱底上垫着纸壳，边缘沾着水渍，箱子下汪着水，浮动着机油。我坐在上面——在两台注塑机的缝隙中，坐了下来。轰隆声在这个地方，陡然变得硕大，前后叠加的雷声，无碍地砸向前胸后背，我怀疑我马上就要碎掉。我的脸正对着机子闸口，每过三分钟，闸门打开一次，将啤（bie）好的注塑品扑哧吐出来，刚好掉进装满凉水的箱子里。刚啤出的产品温度太高，要用凉水降温。

这个叫方姐的女人，身量瘦小，五十多岁，焦黄长脸上挂着双三角眼，额头皱纹深刻，鬓角处有白发。她让我把“726刷头”（刷马桶的小型刷头，像两根冰棒，中间被水口相连）从水箱里捞出，再放进另一个水箱，用倒扣的塑料筐压住。还是为了降温。而她呢？终于可以从两台机器间抽身而出，坐在通风的过道口，待刷头完全冷却，从水口上拧下，用干净白布擦拭，刀片削去披锋（凸起毛刺），交替码在箱内。

一旦跨入车间大门，被安置在特定位置，工人便被牢牢地钉在一个由权力和法律编织的网格中，劳作，即刻迫不及待地作用在工人的身上。每个工位都规定了身体应采取的姿势。个体所能做的，和应该做的，就是严格遵守这个工艺流程。这种重复劳作持续久了，人像在封闭的噩梦中，不断循环、循环、循环……最终，达到癫狂。

这种工作的恐怖，不在惨烈，而在消磨：注塑机在规定的时间开机、出货；接着继续：开机、出货。时间被切割成块，四方四正，不多不少；同时，也将人的身体切割成无数个格子，放在规定尺寸中。这种活计若只坚持几分钟，并不会感觉疲倦，可1个小时呢？5个小时、11个小时呢？若去上厕所，那机器还在扑腾、扑腾往下掉货；如果想偷懒，货就会明显地积压下来，招来组长臭骂。工人在车间存在的理由，只有一个：重复、重复、重复地干活，让一个简单动作，一万次乘一万次地，重复再重复！最终，工人变得和注塑机一样，一起动作、呼吸、旋转。

我好羡慕方姐，她让自己稳稳地坐在干爽处，拿布擦刷头，浑身松弛；而我所在的位置，扫水是没用的，因为将刷头捞起，放进旁边水箱时，总会有水溢出。水混合上机油（姜黄如糖浆）后，形成一条条变形的蛇。我貌似有板凳，却要不断起身捞刷头，根本无法享受坐的滋味。因脚底寒凉，一阵风从大门吹进时，我止不住打了个冷战。车间里的浮尘侵入眼睛，让原本如水滴般柔软的隐形镜片，变成两把小刀，不断刮擦眼仁，硬生生地痛。

在捞刷子的间歇，我下意识地闭了闭眼。突然，组长从天而降，话像锥子，猛地扎入耳膜：一大早就打瞌睡！货都满了！我的脑袋轰地一下响了一声，突然变得清醒，双手赶忙探入水箱。方姐见组长走了，一拍大腿笑起来：我来不及告诉你啦。下次吧，下次一定！方姐说，她最害怕组长说“交工衣，走人！”听到组长只是催促干活，知道他不会辞退我。我心存感激，说我倒不是瞌睡，而是眼睛疼。

奇怪得很，每次当我试图闭眼，或吃了口东西，或拿出手机看时间时，组长都会从天而降，大喝一声：还不做事！是因为我开小差时，表情很慌张吗？我渐渐发现，恐惧是个活物，在脆弱而孤独的灵魂里，它会生长，会变出各种花样。“你要小心，有人会打小报告。”当方姐告诉我这个秘密时，我感觉脚底愈发寒凉。

只有我是傻瓜——以为只要逃得组长盯视，便可偶尔偷懒。我错了。车间里的每个人，都目光灼灼，互相盯视，然后在某个隐秘时刻，向组长汇报，以换得他们想要的好处。啊……他们并不为二十年如一日，提前六分钟打卡而愤怒，相反，却要死死地盯着那些新来的、更弱的、懵懂的人！然而，在车间干活，每个人都会疲惫、打瞌睡、往嘴里塞食物、到卫生间接电话……每个人，都无法让自己彻底变成机器。

方姐对我接替了那不断躬身，将双脚浸在油水中，双手泡在凉水里的活计，充满歉意。她絮叨说：这活一个人做不来的。她说她的手一会儿干，一会儿湿，腰一会儿直，一会儿弯，所以，向组长提出一个人干不了！现在，为显示她的工作强度，她举着抹布道：这水有毒的！矿泉水瓶子上贴着三个字：天那水。就是香蕉水，无色透明，易挥发，燃烧，有一定毒性，对人体有害。我们无法不闻到那味道：无形无象，却尖锐存在，堵得鼻孔发紧，每呼吸一次，心脏就更猛烈一下。但我却无法不呼吸，不管我多么不想让这毒气进入体内。

方姐说她不愿去别的厂，因为这里发粮准：二十年如一日，不容易！“出门打工就是要挣钱，不加班的厂，谁去！”对从没打过工的人来说，这是种陌生的生活，陌生到你根本无法想象。当我听到方姐这样说时，深深地吸了口气，像将某种灼痛也同时吸进肺腑，然后，再吐出。仅仅坐在办公室里，或看报纸、听广播，根本无法体会方姐们的心情。存钱是她们的终极目标，如果将时间用来娱乐，那简直是扯淡。

我们俩分工合作，步调趋向默契。某个间歇，方姐问我从哪里来，我说是新疆，她于是两眼放光。“你们那里雪下得很大吧？吃什么肉？有没有鱼？棉花几月熟？”我尽量以形象而专业的语言回答这些问题。虽然厂规规定：闲聊、开玩笑、吃东西是不允许的，但是，有时候组长走来走去，盯的只是工人的手，只要手还在麻利地动着，他便睁一只眼闭一只眼。也许他知道，不聊天是不可能的，否则人会崩溃；同时，组长并不指责我们在卫生间里磨蹭几分钟。

总算熬到 11 点，我准备下班，但方姐却拦住我：坚持到 12 点。她分析：上午干 4 小时，下午就要干 7 小时；上午干 5 小时，下午只干 6 小时。她说：劲要匀着使才行。我点头同意。然而，下班前的最后一小时，难熬之极，大脑趋于呆滞，手指的速度明显降低。快到 12 点时，组长来了，看着我，语气突然变得温柔：吃完饭快点回来啊，机器可是不停的哦。他指了指那箱子：货堆得太多可不行啊。

从早 7 点到晚 7 点，不间断工作，中间只休息 1 小时，而他居然说，吃完饭快点回来！他要求啤工像机器，完全适应钢铁的速度。要知道，人下班了，机器不停，人走开的那段时间，虽然有同事会帮着接货，可货堆在那里，要等自己回来做。除非这个机器坏掉，否则，它便永远不会停下来。这种所谓的午休，反而需要身体更加卖力才行。

我的午饭怎么办？我刚进厂，到食堂吃饭要交五元现金，不能享受从工资里扣三元的待遇。去外面吃，我对小吃店一概不熟。方姐一挥胳膊：走，到我家！时间太紧迫了。一小时六十分钟，每一分钟，都在静静流逝，我来不及多想，触电般起身，朝门外走去。打卡后，我将帽子从头上捋下来，把工衣也脱了；而方姐，只摘下了帽子。

4. 大厦旁的瓦房

一百米处就是巷子尽头，过了主通道，进入对面小巷，两侧是五六层高的农民楼，穿过小菜场的凉棚，空间陡然变暗，味道比车间更难闻：黑泥、灰尘、排水沟、鸡屎、尾气、皮革、化工品、汽油……菜场旁的空地上，纵横交错着瓦房，有上百间，每一间都有扇单独的门。

令这片瓦房得以存在的原因，是打工者的身份总是城市的匆匆过客。在劳务市场，农民工并非真正意义的工人，而只是临时工，不仅“认真、肯干、易于管理，且不用变更户口”，“有工作的时候来，没工作的时候走”；这种暧昧的身份，不仅为城市提供了劳动用工，又不会导致城市人口增多。而当农民被召唤到城市来打工时，这里并没有相应的住房和教育提供给他们，他们要么住宿舍，要么租住贫民区；他们的孩子，要么在老家读书，要么上当地的私立学校。

方姐掏出钥匙，打开房门，阳光射进内部，投下斜影：只是单独的一间屋，没有窗户，靠门的左侧，立起道水泥墙，隔出个卫生间，令整个房间弥漫着浓烈的怪味，像钢爪，一下子就掐住我的喉咙，让我想吐。屋子四壁黝黑，从没粉刷过，墙角有霉点，双人床上窝着被子，桌上倒扣着碗筷，拉杆箱靠在衣柜旁。

没有阳台！没有厨房！没有阳光和清洁的空气！这片瓦房令人沮丧：它莫名其妙地藏在小巷深处，像个巨大的垃圾堆。房间里除了味道难以忍受，还有种可怕的窒息——如果将门关上，整个内部将陷入完全墨黑，无一丝光亮，如墓穴。

显然，这屋子仅仅只提供一个睡觉的地方，而不具备房屋所包含的温馨内涵。到了夜晚，这片瓦房如黑魆魆的波浪，潜伏在周围灯光璀璨的摩天大厦下。

这些房子的主人是本地人。他们不仅盖起五六层小楼，还在逼仄处盖起简易瓦房，皆用来出租。这个地方已形成两个阶层：拥有本地户口的本地人（拥有生产资料、土地、居住权）及外来工，向本地用工单位出卖劳动力（但没有在此长期定居的权利）。

方姐将煤气罐搬到屋外，拎出炒勺，撕开两包方便面煮起来。这时，周围的门一扇扇打开，回来的几乎都是中老年妇女。她们大声地嬉笑，麻利地做饭。有人在面条里下了几片生菜叶，有人蒸了米饭，就着榨菜和辣椒酱吃。食物在这里变得异常简单：一个菜、一碗米饭、一碗面。没有肉。我目光所及的碗里，没有一星肉。但她们非常爱笑，喜欢互相开玩笑：谁和谁去吃饭啦；谁和谁分手啦；谁因为谁的关系从普工变成文员啦……她们总会说到男人，出现在她们话语体系中的那些男人，不再高大神圣，反而遭到了某种程度的消解。虽然她们知道这种消解是无力的，然而，同样能给她们带来快感。

方姐说，不同年龄段的打工者，住的各不相同。十几岁的年轻人住宿舍，二十几岁的租一室一厅，250元；有老人和孩子的中年人，租两室一厅，350元；四五十岁的夫妻俩，租瓦房，150元。方姐的丈夫就在旁边印刷厂工作，两人每月可挣4000元，1500用来维持基本生活（房租、食品、电话费），预留500元现金机动，存2000。

我想弄明白，何以方姐如此大的年龄才出来打工，答案令我惊诧：早在20年前，方姐就已出门打工！她和这家音像盒带厂的关系，哪里如我这般简单：看到招聘启事，一个人来到门卫室，掏出身份证。不，她和这个厂的关系，几乎称得上血肉相连。

20年前，当这家厂刚刚建成，方姐的小姑子便离开四川农村，成为第一批打工妹。春节时，小姑子说起工厂趣事，令方姐14岁的女儿颇为心动，遂弃学南下。几个月后，方姐亦收拾行李，来到此厂——家里的地让丈夫打理。小姑子和女儿在拉线上当普工，方姐当清洁工。对在大田劳动惯了的方姐来说，打扫卫生相当于玩耍。她和女儿住在一间宿舍，小姑子住在隔壁，周末时三人去逛街，并不寂寞。

在珠三角的工厂中，工人们之间大多有着各种联系。

内地乡村的异变，通常从两三个女工开始，之后，以她们为核心，扩散到她们的家人、亲戚、老乡，令打工者队伍不断增多，形成族群，大家彼此照应，遵守互惠原则。这种蜂窝状的关系网，是被特定的时间和情境创造出来的。那些刚到城市来的打工者，往往寄身于熟人在工厂的宿舍。她们住不起招待所——哪怕是最便宜的地方，于是，由亲戚或同乡构成的这个隐秘族群，便为她们抵达城市并进入其内部，提供了最初的支持。

年复一年……5 年过去了。女儿 19 岁时找了个男友，是老乡，于某个周末突然宣布要辞工，回老家。方姐惊诧：难道女儿要跳槽？她们在这里待得太久了，犯不着去别家。然而，女儿的理由让方姐无法不辞工：她怀孕了。这是显性原因；隐性原因是：女儿厌倦了打工生活。女儿越来越知道，她们和本地人有差别。女儿拼命存钱，但并不奢望在这里定居，她知道她买不起这里的房子，也知道没有户口，孩子上不了公立学校，她想的是多存些钱，回老家结婚。

方姐操持了女儿的婚礼后，将自己和女儿攒下来的钱凑起来，开了家服装店，让女儿经营，又买了辆二手小面包，让女婿进货，她自己，当起了全职外婆。看起来，方姐的生活和周围村妇一样：做饭，带孙女，洗洗涮涮。然而，关于工厂的回忆，常在夜深人静时，猛然涌起。

方姐变了。她不再像别的村妇那样没有时间概念。在乡村，农民遵循着耕种和收获的模式生活，这种劳动方式是闲散的，无须争分夺秒，然而，5 年的工厂生活，令方姐将生活安排得井井有条：起床、做饭、歇息，皆有定时。参加红白喜事，方姐总穿得整齐干净，手里捏着餐巾纸。

6 年后，当方姐决定再次南下时，不仅让女儿吃惊，更令全村惊骇。“哪有厂要你这样的外婆？”但方姐自有打算：外孙女上的是住宿学校，田里的事可让女婿打理，家里虽盖起二层楼，但手头还是拮据，不如最后一搏！她和打工回来的女孩闲聊，获悉珠三角缺工人，年龄大的女人也能找上工作。

方姐似乎又回到了 11 年前的那个夜晚：也是灯下，也在收拾行李。然而那时，有小姑子和女儿等在厂里，她并不害怕；而这次，她还要带上从未出过门的丈夫！

她用工资说服他：哪怕是清洁工，一个月也有好几百。并且，再等下去，这辈子就再也没有机会了！方姐不懂政治，不懂经济，只凭生存嗅觉，在关键时刻，心一横，脚一抬，做出决断。

二楼清洁工的美差，自然不会等着她，然而一楼的啤工，又脏又累，总是缺人。方姐一咬牙：干！她不愿去别的厂。铁打的工厂流水的工人，总会有人要走，总可以等到机会。她带着丈夫围绕着这家音像带盒厂找工作。没出几日，丈夫便被印刷厂要去。两人一合计，在两家工厂间的巷子里，租了间瓦房。

5. 打工连环套

返回车间，水箱里虽然浮着刷头，但却不多，显然，有人帮我把货捞了出来，且已堆在旁边箱子里。是谁呢？两台注塑机间的位置，空空荡荡。来不及细想，我即刻弯腰，开始干活！

时间一声不吭地下达着命令，让我从脑海中挤掉半点想象，开始变成注塑机身上运动的零件。短暂的午休，换来的是频率更高的劳作：我的手、肩、颈、腰，全都动了起来，希望能把活干得更巧妙、迅速、出色。和早晨不同，那时的肉身充满清新和希望，而现在，只剩单调和艰涩。我渐渐顿悟，农民在田里干的活可能更繁重，秋收时需要连夜干，但他们可以选择干活的时间，也便更自由；而车间里的活却像苦役，其艰苦程度在于永无休止、不断重复。

空气越来越污浊：汗腥味、脚气味、塑胶味、柴油味、铁锈味，受潮的木板味、腐烂的石灰味、电焊味、旧塑料味；噪声更剧烈：咚咚、轰隆、吱嘎、咔咔、沙沙，每一种声音，都比早晨扩大了好几倍。气味和声嚣互相重叠、倾轧、交织，并非只侵占了人的身体，更如蛇芯，钻入人的血液，形成痉挛，要将五脏六腑都掏出来。

组长板着脸走过来时，没有在我的身旁停留一秒：他在表达他的愤怒！他像只秃鹫，锐利的双眼什么都能看见。越到快下班，方姐变得越有耐心。她告诫我：别出现不良品，省得返工；而我却愈发焦虑，烦躁，心里乱成蚂蚁窝，想即刻逃离此地。

这就是我和方姐的差别：这个车间对我来说，是某段旅程中的客栈；但方姐做活用力均匀，有条不紊，不随意停歇，也不猛烈狂干，她不觉得这活是惩罚，也不觉得这车间是牢笼，她将整个身心扑在活计中，反而更坦然。

当方姐让我帮她填写工单时，我愣住：她是个文盲！她自己无法将“塑胶成品标签”上的空白处填满。显然，她并非一时心血来潮邀我吃饭，而是早有预谋！同时，她说出了新的打算：去新疆打工！

听说音像带盒厂要搬迁到江西，方姐意识到，她不能选择随厂迁徙。内地有大把年轻的女孩，就是啤工，也不会轮到她，但方姐却不想返乡。有老乡从新疆回来，说那边活多，无论拾棉花、晒辣子皮、摘红花、割麦子，总缺人，吃的饭里有肉，喝的是雪水，就是离家远。我这个新疆人的出现，令方姐的狂想有了依据。她定下决心，下半年走西口，去新疆！

"新疆再远，还不是中国？"她哈哈笑着，像已经穿过河西走廊，看到了天山。

第二章　夹缝抗争

1. 屈从于时间表

卡上出现的时间是6:58。我笑了；同时，心里一紧。

我已不再像刚进厂时那么愤怒，身体像完全接受了这个事实：打卡机快6分钟。现在的真实时间应是6:52。当我习惯性地"走在时间前面"时，我知道，我还习惯了其他。

譬如这个车间。它还如第一次所见的那般喧嚣，那些气喘如牛的注塑机，依旧轰响；穿土黄工装的啤工，依旧如枯草般抖动……然而，时间一久，这一切便如褪色画面，丧失了最初的饱满和尖锐，变得不再扎眼。

譬如每天6小时睡眠。开始我觉得我坚持不了一周；然而，一周后，那种重复的循环、稳定的规律性，不仅精密地操控住我的身体，同时，还渗透进我的灵魂和精神中。无论我最初多么不适应，最终，还是屈从了这新的日常生活习惯。工厂的时间表规定得细致而严格，每个进厂的人，都会强烈地感受到它的存在，都必须熟悉它，实践它。现在，当我套上工衣，对着脏镜子扣上帽子，端着不锈钢茶杯，走向注塑机时，脚步平稳，眼神安然，像在这里已待了几辈子。

在工厂工作，比参观工厂有意思得多。一旦受雇，无论是注塑机、卫生间、塑料箱，还是那敞开的前后左右四个门，都显得真切起来。人们承认工厂是重要的，但如果不参与其具体的日常工作，很难理解“重要”这两个字的真正含义，也会对工人的某些行为，感到怪诞惊诧。参观者永远不会真正了解一个工厂：工厂被努力装饰过；而参观者所能提出的疑问又那么少。

那天早晨，一切都那么平静。当我走向29号机时，停住脚步：那里已有人在干活。是个女孩，十七八岁，身子细长，小脸白肤，单眼皮，怯生生望着我。我问她方姐呢。她没听懂，“什么意思？”我将茶缸放在倒扣的塑料箱上，冲着机器里喊：方姐？

阿凤探出身子，团团的脸，肿眼泡。她用手戳了戳对面车间：去了那边。我瞥了眼那女孩：你老乡？她点点头，新来的。看起来，她像片移动的纸：白、薄、脆；而阿凤，则刚好相反：黑、胖、粗。

2. 捏钳子 2000 下

118 号！

我打了个寒噤。在车间，每个人都必须牢记自己的号码。这个号码会让人忘记自己的私人身份，而变成某种被高度浓缩的简化品。我想起草原上的哈萨克人，他们能认得出羊群中的每一只，并根据不同特征，给它们起名：半只耳、黑白花、小尖角、傻大个。

迷你衣架有巴掌大，凹槽里凸起的塑胶棍，需用钳子剪掉，再用布子擦净，放进箱内，每箱 5 摞，每摞 20 个，一箱 100 个。看起来，这个活比从水箱里捞刷头轻松许多，至少，那种钻入骨缝的寒凉，不再侵袭我。然而，我高兴得实在太早：衣架刚啤出，滚烫，凸起小棍虽细如铅笔芯，有一指节长，却相当坚硬，加上支架内交叉着十字框，所剩空隙有限，若要平稳剪去小棍，须将钳子完全探入，适度斜侧，方能彻底了断。若第一次剪不彻底，留有凸点，需补剪。

这一天，我做了20箱货，捏钳子2000次以上。我从未如此大规模、频繁地使用过手掌。因为没戴手套，到中午，右手几近僵硬，从无名指至掌心，表皮磨出道暗红印迹，大拇指变粗，虎口处肌肉隆起。那凸起的小棍，不是一个个出现，而是一群群，我的动作变得越来越捉摸不定……我总想找一块尚未受到挤压的地方，然而，丝缕暗伤，已蔓延到整个掌心，无论我从何种角度捏下，都能扯得心痛。

没有人计算过，一双手的皮肤、血管、肌肉和神经，到底能承受得住多少次挤压。枯燥、单调；单调、枯燥。循环往复！也许我会发疯。现在我没有过去，没有未来，只和钳子组成一个整体，我是不存在的，只是钳子的一部分。

3. 快的秘诀

嫌我干得慢，组长把阿凤调过来。她确实快，简直太快了。我剪掉一根棍子的时间，她已剪掉两个、三个。这种活生生的逼迫，令我真想抡起衣架，打在她的肩膀上，让她慢一点。然而，很快我就发现：我错了。

阿凤才不傻，只顾埋头苦干，把自己变成机器人，不，阿凤的聪颖，需面对面，潜心观察，才能发现：她往往在一阵大干之后，突然起身，像听到有人喊她的名字，昂头疾步走到对面，从注塑机间穿过，从有风和阳光的门口穿过，再挺直腰杆，大踏步返回座位。她干得太漂亮了！脸色坦然，嘴角挂着笑，根本不像无故脱岗。当她返回，坐定，再次启动手指时，像某台机器被按了启动键，闪电般干起来。如果这时组长进来，会一眼看到，整个车间里，唯阿凤最卖力。

阿凤的快让我的慢变得扎眼，我戴着隐形眼镜，对焦总不那么利索，并且，我没有那样一双手：五指粗短，像被烟熏过的木棍，指甲乌黑，看不清掌心纹路，左手大拇指内侧，有几道印痕，像毛笔蘸着白漆在黑纸上画过（她削东西时总是刀片朝内）。她说：绝不在一根棍上剪第二下。我纳闷：活干得快，有表演性质；但活还要干得细，不返工，才是最后的胜利。我惊诧地问：QC让返工怎么办？她呸了一口，咬牙道：QC 跟我们，从来都不是一家！

组长喜欢熟手，怂恿大家速度要快，填工单时，可以将总数最大化，可是，这一切都必须要过QC关。阿凤将对QC的声讨扩大化，延展到对这个厂的不满。她扬言再过两个月就走，回原来的玩具厂，说这里不好，要连上十三天才能休息，下半个月还要上夜班，能把人熬死。我诧异地问她：何不现在就离厂？她叹气：春节为回家辞了工，再来时，厂里已招满人。但她揣测，再过两个月，天气变热，到了卖玩具的高峰期，工厂为赶货，还会再招工……

这种来自个人的民间揣测，令我瞠目。十几年前，对像阿凤这样的村妇来说，完全不晓得要自己去找工作。然而，阿凤终于学会了，虽然整套程序看起来充满偶然和臆想，而在珠三角，阿凤们，就是这样，凭借着某种安插在头脑中的无形天线，四处寻找到打工机遇。

突然，没有任何征兆，阿凤甩下钳子，冲着小老乡喊：阿红，走！阿红像触电般，即刻抬起苍白小脸，丢下刷头，将湿漉漉的双手在工衣上擦了擦，跟着阿凤冲出大门。她们居然……上了办公楼！上班时间擅自离岗，简直是发癫。阿凤打工多年，哪里不知这道理；即便是阿红，也不会如此愚痴！可是，听到阿凤召唤，阿红依旧毫不犹豫地跟在她身后，一派生死与共的模样。

她们离开车间后，这里的一切都在继续，像没发生任何改变，然而，某种古怪的情绪四处蔓延，致使空气稀薄。每个人都呼吸紧张，眼神古怪。20 分钟后，她们从大门口进入，我即刻作出判断：她们不会走。因为她们……没有摘下帽子！那帽子在我看来，实在丑陋：稀疏面料，疲沓帽檐，松紧带丧失弹性，既不像厨师帽般雪白，也不似头盔般坚硬，非但不能赢得某种职业尊重，反而更让人丧失自信。若我离职，第一时间，就要把那帽子摘下来。

我对啤工的工装颜色亦很愤怒：土黄色。在这个厂里，还有湖蓝、粉红、果绿、白色工装，那些颜色让人显得鲜艳、干净；而啤工 = 土黄；其心理暗示是：低人一等。我曾在克拉玛依陆梁油田，和采油工深入古尔班通古特沙漠，既不感觉害怕，也没有因穿了工装而感觉身体遭到贬抑。现在想来，同为工装，意义大不相同：石油工人是个确定称号，他们生活在自己建造的城市里，颇具自豪感，完全不同于珠三角的打工者。

阿凤和阿红回到座位，一声不吭地开始干活。不到

10分钟，阿凤忍不住骂起来：破保安！昨晚，保安突击检查宿舍，发现阿凤屋里接了电线，要罚款（工厂为省电，宿舍不安装插座，手机在门卫室充电）。阿凤说她根本不知道这根电线的存在，一定是前面的人接的。保安说，你们湖南女人最会说谎！

在工厂，打工者总是被预先设定了某种身份，以及一系列被想象和假定出来的文化特征。在广东人看来，外省人懒惰、不讲文明；而外省人却总是力图通过抗争，来纠正这种偏见。阿凤虽打工多年，能听得懂，也会说广东话，但却坚持说湖南普通话。她不喜欢广东人，觉得他们仗着自己有钱，就胁迫别人说他们的方言。

我吃了一惊：在阿凤看来，广东话是方言！在女工宿舍，很多女孩周末租碟看电视剧，不是为了剧情，是为学广东话。她们都强烈地意识到，在珠三角，若想获得更多上升机会，不仅要改变以往生活的"坏习惯"，还要改变口音。而阿凤则认为，只要自己干得足够快，就已是好员工。

今天一早，阿凤都在寻找机会，当看到经理的身影闪过门口时，她弹跳起来，喊上阿红，直冲三楼申冤。这种做法危险之极！如果经理心情好，一切都好说；如果碰巧烦躁，懒得听这种越级汇报，阿凤便会失去工作。今天，经理的心情不坏也不好，听完阿凤的讲述，叫来组长，让他处理这件事。

经理并非纵容这种行为，实在是，珠三角严重缺工；并且，工厂就像个压力锅，必须让工人有地方透气。放别人一条生路，否则，就会有人在你喉咙上开一道口子——这道理，经理懂。组长根本不愿辞退阿凤：他最讨厌培训新手。一切因素纠结在一起：国际大环境＋工厂小环境，令阿凤的这次赌博行为，非但没有遭遇惨败，反而，以保住工资、挽回尊严告终！

4. 煎熬到中午

车间生活只有一个目的：复制、复制、复制。注塑机中不断吐出啤好的模具，让它们从一变成一亿，无限膨胀，大如银河系。所有的机器都在动，自己也在动，整个世界都在动。在运动的车间，思想是软弱的，没有中心，一切都围绕着机器在旋转，没有任何支撑点，人变得随波逐流，成为漂浮物。

当我不断地捏下钳子，终于明白：肉身是有极限的。手掌磨烂，肩头酸痛，腰肢弯曲，汗液从全身喷涌……

疲惫、疼痛、困倦，无尽头的重复，没完没了的衣架，汹涌而来的珠光蓝小棍……扭成龙卷风，裹挟着我，让我几近晕厥。人到底不是机器——甚至机器，也要加油，也要发脾气，突然啤出如婴儿拳头般小的产品，像那天心情不爽，要罢工。

人在机器面前失去的是自由——这是最重要的症结。

当人类初享工业革命的成果时，却丧失了对情感的重视。人在工作中受到极度压抑，工作之余，便极端渴求作为生物族类的本能满足。解决机器和工人的矛盾，并非要打碎机器，也许，应当是扩大和延长工人的自由时间、私人时间、情感时间，不致让人性枯萎。

当我陷入思忖时，干活的速度就会变慢。我总比不上阿凤。她说，最初在电子厂干活时，也慢，被拉长训斥后，罚她不吃饭，中午加班。整个拉线上只有她一个人，她边干边哭，不是因为累，而是屈辱。她发了狠，尽量不去想任何事，让脑袋一片空白，只用眼睛盯着电子板。奇迹发生了：速度提了起来。

我试图照着阿凤的样子，让手指快起来，然而，我却无法让脑袋一片空白。阿凤说我的心思太多，说老板根本不喜欢像我这样的人，说老板喜欢年轻、没有经验的女工，不会提更多要求，不会打架滋事，一干就是好几年。

终于熬到中午。

厨房紧靠宿舍楼，是间大平房，侧旁开着窗，窗外有个铁护栏，长四五米，人群在其间蜿蜒，一个挨一个。菜装在长方形不锈钢铁盘里：炒豆腐、炒黄瓜片、炒油白菜、炒笋丝。除笋丝里有些肉外，其余三个皆素。汤和饭放在露天的大桌上，管够。汤的颜色灰白发乌，装在大桶里，看不到底，用木柄长勺舀起后，有丝缕蛋花浮动。

饭堂不大，有 20 平方米，长条木凳前坐着三四个人，端着碗，正盯着电视看《甄嬛传》。坐在中间，如痴如醉的人，居然……是组长！一绺头发耷拉到额头，却浑然不觉。屏幕上的人服饰华美面孔精致，正与他疲倦的脸色、脏污的工装成反比。据说，组长算不上管理级，工资只比普工稍高一点，角色十分尴尬，别说董事长、经理、QC 他得罪不起，就连熟练的普工，他也不敢怠慢。他在监督别人干活的同时，自己也要干，将装好货的塑料箱码在大拖车上，运走，忙得红头涨脑。

更多的人走到露天的棚子下，坐在塑料桌椅上吃。靠墙立着个一人多高的木架，六七米长，搭着木板，放着各式碗筷。洗碗池三米长，前后两个水龙头，有公用洗洁精。我洗净碗，打了饭，坐在凳子上时，突然反应过来：阿凤呢？

阿红说，阿凤出门，是为了还赌债！

上次倒班时，阿凤去打麻将，输掉 150 元。我知道男工嗜赌成风，却第一次听说女工也爱赌。阿红垂下眼皮：湖南人没法不爱打麻将，小伢子站不稳时，扶的就是麻将桌！

我们俩沉默地吃起饭，米粒和菜搅拌在一起，第一口和最后一口的味道，一模一样。喝完汤，肚子鼓胀起来，但舌头却没有任何滋味，嘴里淡得很。离上班还有 40 分钟，这时候就返回车间，下午简直没法熬。我提议出门去吃烤肉肠。

出了大门，走到巷子与大街的交叉处，是排农民房，一楼是铺面，楼上出租，晒着各类衣物，衬衫、牛仔裤、胸罩、枕巾，像万国旗，招摇在灰尘和尾气中。便利店门口放着台烤肠机，滚动着油光锃亮的肉肠。

阿红接过肠子，咬了一口：真香啊。这是她第一次吃烤肉肠。我笑了起来，随后，又被一阵抑郁的难过淹没。我突然意识到，在中国，与其说省与省有差别，不如说，城市和乡村的差别更大。无论湖南、湖北、广西、江西，乡村总是闭塞、边缘、孤绝的。

5. 邵阳麻将

侧旁的屋里传出喧闹声，从门里看进去，麻将桌前围坐着男女，用夸张动作抓牌后，再甩出去，飞沙走石。女人戴着金戒指，男人将赤脚缩在凳子里。有台小风扇在半空旋转，它放在一个倒置的塑料凳中，用绳子缠住腿，勒在柱子上。我直喷笑：若不是亲眼所见，我断断不能想象，还有这种放风扇的办法。而那风扇底下的女人，正是阿凤。

这时候的阿凤，不再是车间里的阿凤：她的眼里像有种怪异的光，身体不可思议地晃动着，变成了某种精神的附属品，无论眼睛、鼻子和眉毛，皆像被强光照射，变得灵动溢彩。她被一种绝对的、无条件的幸福感所笼罩，并且，这感觉似乎会伴随她一生。

然而，这种时间太短了。打完一局，阿凤起身，当她离开桌子时，像离开了她所依赖的土地，陡然变得虚空，皱纹爬上她的额头眼角，她又变成了平庸的啤工。

我诧异何以没有年轻女孩打麻将，阿凤撇嘴道：靓妹可以到网吧聊天，逛商场，拍拖（恋爱），她们的日子不难熬啊！“熬”这个字，从她的齿缝冷冷蹦出。

我递给她烤肉肠，她不客气地咬着，突然发狠，咬牙低吼：我根本不喜欢打工！然而……我却无法接话。在车间，她是强者，她的活做得那么快，总能获得组长首肯，而我，几乎是个被嘲弄的笨蛋。转瞬，她又笑了起来：改天，我请你们吃邵阳米粉！

邵阳这两个字，在珠三角是重要的：邵阳人从不打广东麻将，只打家乡麻将，且，只和老乡打。一晚上输个几十块，几百块，不算什么事。打牌的人有小老板、主妇，也有如阿凤这般的普工，到了牌桌上，外在的标签皆被消解，只剩下两个字——老乡。邵阳人始终是岭南大地的陌生人：他们不说粤语，喜吃辣椒，但他们的身体上像长出了软壳，压住他们，让他们不能轻易返回家乡。于是，某种精神上的返乡之旅便建立起来：打麻将不仅仅是娱乐，更是某种“中国式的社交活动”。邵阳人用家乡话传递信息，相互照应，形成小集团，对抗强大的外部世界。

见我用 5 元钱买了双塑料手套，阿凤瞪圆眼睛：你不能这样花钱！我说我的手好疼。她瞧了瞧，确实，和她的不同。突然，她看我的眼神变得古怪起来。她从我请客吃烤肠、买手套不眨眼等细节，觉察出我是“富裕”的，但是，某种惯性思维依旧让她止不住说下去：咱们出门打工，就是为了存钱，你这样花钱，哪里能存得住，一个月不是白辛苦了……

我冲口而出：你输掉的 150 元，能买多少双手套？

她愣住，血气凝在脸上，愈发苍老。她慢慢道：我是戒不了……

某种压抑的气氛笼罩住我们，那吃到嘴里的烤肠味，变得有些古怪。

6. 返乡回家

下午的时间打发得很快，转眼到了 3 点。我暗中计算，还有 4 个小时就可以下班；还有 4 个小时，今天就变得无比完美。组长疾步走来，速度快得吓人，令我浑身一抖，然而，他却看都不看我，直挺挺走向阿凤。阿凤将钳子放进塑料箱，跟在他身后，出了车间大门。20 分钟后，阿凤回来，头上居然——没了帽子！

这是我最后一次见到阿凤。这时的她，和中午在牌桌上的她，迥异。她脚步踉跄，脸色乌黑，像被人举起枪打了一靶，正中眉心。她已经死去，只凭借着本能的挣扎，挪动身躯。她无力多说话，只在拿走茶缸时，向我们摆了摆手。

阿凤的丈夫雨天跌下山沟，摔断了腿，高位截瘫。

和别的女性主动逃离乡村不同，阿凤是被丈夫赶着出门打工的。丈夫眼瞅着别人家里慢慢富起来，心里急，就和阿凤商量，必须有个人出门打工。说来说去，还是决定让阿凤出门。阿凤便拎着包，上了火车。阿凤的强悍坚毅，都是在打工途中历练出来的。她也累，甚至比别人更累，但却咬着牙硬挺着。一年又一年。每次春节都嚷嚷着不出门，可正月一过，还是照样上了火车。

虽然，她的能干有口皆碑，然而，她从不以此为豪，她和工厂，和城市，始终处于隔离状态；现在，阿凤将重返老屋，照料丈夫吃，下田种地，烧火做饭，洗涮缝补，拉扯孩子，巨细靡遗，一点不漏。她将变回一名普通村妇，春种秋收，让曾在南方的生活，恍如一梦。

然而，这样一场梦，那么容易被遗忘吗?

阿凤不再是从前的她。从前她是家里向外延伸的翅膀，说不定，能带着一家人飞起来；现在她是家里的一根梁，里里外外都靠她，她需加倍努力，才不致让日子陷入困顿褴褛。但她到底，和那些从未出过门的女人不同。

“嘿，我打工的时候啊，你才这么大点……”阿凤曾和阿红这么开始聊天。

阿凤能够诉说的南方，不过是把门推开了微小的局部，而就那么一点点光亮，吸引着阿红，毅然离家。如今，当阿凤返乡回家后，那扇已经推开的门，在身后，无声无息地关上了。

第三章 异化劳动

1. 车间里的调情

早晨一进厂，组长还未派活，大家便围坐在凳子上，边剪迷你衣架上的小棍，边说笑。好景不长。20 分钟后，组长拿到工单，伸出手指：118 号！

我被调到 23 号机前：它正从洞里吐出 B–370 刷头，白色，用 PP 塑胶粒制成。这种刷头成型后，以四个小圆缀成品字形出现，我先拧下刷头，再将半米长的柄插入，看能否到底，将接缝处的白色凸点、披锋（边缘毛刺），用刀片削去，擦净水和油，方才合格。有些刷头因浸泡不充分，长柄插不到底，或插进去拔不出来，我便对着箱子边磕。无论插、拔、磕……都得使大力，干半小时后，肩头酸痛起来。

阿清出现在门口，车间一片窸窣：QC 来了，QC 来了。大家并不叫她的名字。在珠三角，我逐渐习惯靓妹（美女）、醒目仔（漂亮的孩子）、炒鱿鱼（被辞工）、出粮（发工资）、搞掂（办事成功）、八卦婆（多嘴女人）、卖剩蔗（大龄未婚女）等词，也不再为英文字母混在粤语中皱眉。这种南方语汇的腐蚀力是强大的。某些词语，已成功北伐，譬如“埋单”（结账）。

阿清穿着蓝工装，帽子戴得稍微向后，将刘海裸出，像道黑瀑布，恰好停在清泉之上。她的五官虽然标致，但却一股稚气，说话细声细气，总喜欢哎呀哎呀大叫，那声调出现在车间，简直就是娱乐。

阿清在查阿超的刷头。阿超的手虽然还在忙碌，但眼神已变得暧昧，语调从贵州腔换成广东腔。阿超 28，10 年前，他出门打工，先在浙江，后到广东，攒了点钱，去年回家结婚，不到一年就离了婚。新婚妻子不让他赌钱，他就甩出拳头。打来打去，只能散伙。

“靓妹，和哥晚上去宵夜？”“没空！”

“哥好想你哦……”“闭嘴！”

“哥很累了，你不心疼啊？”“关我什么事！”

“你不要让哥返工啊……”“该返就要返！”

“返就返，谁让你是皇太后！”“做不好就要返！”

阿超正处于肉体和精神的双重饥渴期，他疯狂追求阿清，而阿清却不吃他那套。阿清在箱子里挑挑拣拣，眼神锐利，态度凛然：不良！不良！不良！最终，阿超抠女（泡妞）失败，被迫端着塑料箱，坐到注塑机对面，一个人孤零零开始返工。

阿清走到我身旁，轻声说：干得仔细点。

她住在我的隔壁宿舍，晚上聊天时，我获悉她是广东焦岭人，父母连生七胎，最后一个是儿子，她排行老三。小学毕业那年，跟着叫吴校长的人，到广州附近印刷厂打工，说是“培训实习”。父母倒很愿意她出门，家里孩子太多。她说印刷厂的环境还可以，但组长脾气太坏，如果做得慢或做坏了，就要吃拳头；男孩子更惨，要被抓起头发来扇巴掌。每天工作 11 个小时，一个月 800 元，她知道厂里根本没按加班工资付。她想要跳槽，便常买报纸看招聘信息。听同学说这个厂出粮准，便来见工，因为视力好，直接分到QC部。

随着时间的推移，在我的眼前，无数个刷头跃动起来，像一群刚上岸的鲤鱼，我头晕眼花。太累了。我起身朝厕所走去：在那里可以暂时歇息一下。厕所在车间大门右侧，用水泥墙隔出两个屋，镜子脏污，洗手池发黑。没有门，穿过水泥框架，拐个弯，就到了里间。三个坑，也都没有门。没有垃圾桶：卫生纸、卫生巾，就丢在角落，散发着黏稠的血腥味。我蹲下，一侧眼，发现墙上写满字迹——

> 我很累！我不想加班！都是我的错！我只爱你！我想要你！你去哪里了？我要杀了你！嫁不出去吗？王鲜香爱马为亮！有你这样的男人！如果你爱男人？如果有一天！相识是一场梦！我叫马志英！女人没人爱！我累得要短路！恨能维持多久？快乐的我不见了！快疯了我！我一直在等你！

在珠三角，由于男女比例失调，女工对性的需求格外强烈。60后、70后的打工者，因为穷怕了，一心想挣钱，把性的问题紧紧压抑住；到了80后、90后，性成为格外刺目的问题。

2. 断指

没有任何征兆，我被调至36号机。这里在啤899上盖（出口日本的小型垃圾桶盖）。用料是GPHH195。这个机器面目狰狞，像张狮子大嘴，外套闸门，关闭后，内里两个铁家伙一对接，浇铸出塑料壳。啤工需把外门拉开，将胳膊完全探入，将粘黏在机器左侧的壳子取下来。壳子滚烫，散发着甜腥味。将外门关闭后，机器继续对接。组长演示一遍，即刻转身走人；我凝立在机器前，陷入两难：我怕胳膊伸进去后，把握不准手指缩回的时间，被两个铁家伙夹在正中。

断指……！我在虎门医院工伤康复中心，一早晨见到过六个断指者。一个男人的右手只剩大拇指，被切掉其余四指的地方，形成道古怪斜线；另一个男人的断指被及时接上，但却不如以前灵活（即便是最成功的手术，看起来，也和正常的手指完全不同）；那个断脚趾的男子对我说：我可以把脚趾向上翻过去。我惊骇得直摆手：不要……不要……然后他大笑，说现在不行，而是刚砸断的时候。他走路时斜着身子，已经做了手术的脚趾黑黄，粘着干巴巴的药膏，像秋天被雨水浸泡后的树根。

我伸出右臂，浑身都在发抖，满脑子闪过那些断指者。我关上外门，紧紧盯视内里的运动：凸起钢铁深深插入凹槽。看起来，一切都没有问题，然而，啤出的产品越来越小，充满黑气纹，淡黄油渍，无一合格。我毛发悚立：机器有问题!

几分钟后,阿清和 QC 主管到。主管拿起产品仔细看：不良、不良、不良！然后，将废品丢弃，顷刻间，堆满两大筐。我好不容易挑出个齐整的，递给阿清，她却轻易地找出瑕疵。我们继续，拿起一个又一个。主管走后，阿清揉着眼睛说好累。我也累，不仅仅胳膊、手、腿和脚趾累，眼睛最累！要紧紧盯着白色面板，在灯光下晃动，细细检查表面，一遍遍重复后，眼里像揉进沙粒，磨得发痛。我恍然明白：何以阿清一进厂就干上 QC，而我只能干啤工。她那十八岁的眼睛，多么明亮、新鲜！工厂要的就是这样的眼睛。如我这样的年龄，必然遭到歧视。似乎，中年妇女、老年妇女，是可以被完全忽视、根本不存在的群体。而据我从美国回来的朋友说，在国外，女人到了中年以后，非常受人尊重。

阿清轻声说：主管不喜欢我。我知道，她说出这句话，下了很大决心；同时，我也能理解主管何以讨厌我。在注塑车间久了，啤工们被这里的气场驯服得卑躬屈膝，视角越来越低，只顾盯着脚面看，只看到那些浮动着油花的积水。因为是超负荷劳作，且每一项工作，都不以他们的意志为转移，于是，啤工的适应能力格外高超。见了主管，便不自觉地畏缩、讨好、巴结。但是，即便农民耕田再自由，人们还是愿意到工厂里受束缚：从土地里得来的收入太微薄！

（厂规第五条：厂方有权要求员工加班或调动部门及工作时间；员工请假，经部门主管、组长批准，旷工一天反扣一天工资；员工必须服从厂方负责人支配工作，否则，将予以解雇。）

阿清丢下产品：不行。她叫来机修工。那男人瘦而黑，脸色冷峻，扯过挂在行车上的大铁链，套在注塑机上，又拿起钢钎，对着某个地方捣鼓。在他大规模动作时，啤机的外门依旧一张一合，我依旧要伸进胳膊去。

我忍不住问他：如果不关外门，里面就不动？他含混地嗯了一声，脸色愠怒。难道在我之前，没有任何一个啤工，质疑这台机器的安全性？而它，显然不是万能的：我眼瞅着它因为缩水，让产品从一本书的面积缩成一片树叶。然而，在机修工看来，我对机器的不信任，就是对他工作的藐视？我对机器性能的揣测，就是对他技术的嘲讽？后来，机修工说我多嘴多舌。

我不放心这个铁家伙，拉开外门，取出产品后，仔细揣摩凸起的钢板要过多久，才会插入凹陷处。虽然我知道，厂方压下我的身份证，并用我的 5 元钱，买了工伤保险，但是，我才不想享受那个保险！我本来就对机械反应迟钝，加上近视，举止有些迟钝；现在，要克服巨大的心理障碍，掐算好时间，举起手臂，一次次伸进这个恐龙大嘴里。

在工伤康复中心，那个家具厂的男工说：随时随地都存在危险！他盯视着我：不管你是新工人，还是干了 20 年的老工人，不管你是刚上班，还是要快下班，因为你不是机器，总会有一不留神的时候，然后，扑哧，你的手就完蛋了……他伸出他的手，凑到我眼前，我下意识地朝后退了退：看起来，那手掌完好无损，白而大，没有明显的疤痕，然而，他抱怨说，明显不如以前灵活。

他说：我做家具十年都没出事，那天，我根本不知道是怎么回事，只剩下最后一片木板，用手推过去，心里一愣神，扑哧一下，指头已经被咬住了，举起一看，血淋淋的，断了四根，能看到白森森的骨头。我大叫着完了完了，赶快坐上摩托车到医院，说快做手术，快做手术。可医生先包扎起来，让我去交钱。2000 元不够，我让工友们凑，交了 5000 元，一个小时后才开始做手术，做了 4 个小时，总算都接上了。麻醉过后，疼得直打摆子。现在好些了，不那么疼了……

他的模样很周正，甚至，算得上英俊。他是湖北人，三个孩子的父亲，已买好回老家的火车票，当晚就要上火车。然后，扑哧一声，一切都变得和以前不同。他将很难再找到技术性较强的工作；而全家大小的开支，原本都靠他。但他又笑着指指旁边的人：总比没有手指强！

难道这种社会底层的牺牲是发展之必需？

在当代中国迅速成为一个“世界工厂”，为全球生产提供大量廉价劳动力和自然资源之际，这些断指者的疼痛和记忆，凸显出这个时代的创伤，让笃信资本和市场会带来现代化的中国人，在心头留下永恒的伤疤。

3. 身体的极限

注塑机修了10分钟，没有好转迹象。主管到，拖着长腔：哎呦，看来，早晨是搞不掂了！她耸着右肩，顺势，往机修工身上顶了过去。在这样的空间，看到如此暧昧的身体动作，令我瞠目。那机修工无言地转身走了，而她，还在笑……直到那男人走远，她的嘴角依旧上翘。

36号机是无法继续等下去了，组长带我去20号机。那里有个钢铁装置，类同机械手，高高在上，咔哒，右移，长铁杆下缀着铁板，上面吸着两个白色PC305内碟，铁板向下一翻，内碟坠落桌上，铁杆收回，左移，再向下探去，吸出内碟，循环往复。

被调离此岗的大姐皱眉：我干得好好的，凭什么让我去那儿？

我理解她。到新岗位，要适应新程序，会加重身体的疲劳感。

每日连续工作11个小时，人的身体会变薄，变脆，皮肤变厚，脸颊干燥，每个手脚关节都痛。不痛的时候，发酸，肌肉不可控，四肢失去整合能力，目光无法长时间集中于一点，看什么，都有些摇晃。

但她还是接受了现实，教我如何操作。机械手在半空丢下两张碟片后，她将其分别归拢后道：左边那摞很干净，不用管它；右边的，侧面有油垢，要用棉花沾上天那水擦掉。我不解：为什么左边没油垢？她住手，惊骇地瞪我：不知道哦。

我已很熟悉这种表情了……上一个啤工只负责告诉下一个，你去怎么干，没有人会问为什么。我的想法是，如果出现油污，说明机器的某个部位脏了，何不直接擦净机器，而不必让啤工在成品上一个个擦拭，浪费时间。但是，我的提问让我在这个空间变得滑稽、可笑、突兀。人的好奇心和创造力，在工业化流程中，已被榨干，只剩一具机械操作的躯壳，像牲口一样不停地干活，让你干什么就干什么，任何时候都得服从命令。

大姐拿起吹风机，对准光碟的披锋吹，原本细小的碎片，在热风中缩成小晶体，渐次消亡。要等到吹风机的头部变红，才开始吹；风不能太大，否则，会吹过头，让盒子上出现白色晶体。她告诉我怎么将260张碟片装入箱子后，走了。我扯过铁腿高凳坐下，打开电吹风，启动身体内部的程序，一刻不停地擦、吹，将碟片对好，先数出 50 个为一摞，用硬物压住，压好 4 摞后，将第一摞装入箱中。每个动作看起来都毫不费力，但却要保持快速和稳定的节奏。

我真想磨洋工。但是，不行……一旦机器设定好速度，便有了自己的意志，它会推着人往前走。如果不想被组长骂，桌上的货便不能堆得太多。所以啤工虽然是一个人面对啤机，无人盯视，但却像身旁站着个幽灵，正监督这一切，身体陷入周而复始的怪圈中，能量被最大限度地压榨了出来。

崩溃终于来临，这种无止境的速度让我真想大吼一声：不干了！可我到底还是……忍住了。我想起那个中年女，她看穿了我，说你干不下来。不，我不能自己败下阵来。我趁着去找空箱子，快步走到车间大门，在那里顿住脚步：一股风吹过，我赶紧深吸两口，喔，干爽，甜，洁净。原来，外面的风是这样的味道！此前，我从未觉察。咬咬牙，返回啤机，挥动手臂，接着干起来。

当身体越过那个尖锐的坎后，变得麻木起来。

身体像飞机失事的黑匣子沉入深海，意识，居然纵入茫然。

现在，我不看任何人的脚步，不管任何人的脸色，一心一意将碟片擦净，吹好，扣在一起，理好 260 个，装入空箱。

汗流了出来，不是从额头渗出，从腋窝泌出，而是，从浑身上下的每一个细胞，喷涌而出。身体像水库的闸门被拉开，汩汩外溢液体。汗，如此之多……甚至腰部，也滑腻起来，像泡在游泳池。此前，我从来不知，身体可以这样流汗。我陡然想起走在塔克拉玛干沙漠的人，会因为脱水而晕厥、死亡，突然害怕起来，赶忙翻出水杯，接了水来，啜了两口。我忘记给自己补充水分，忘记身体是个多么纤细、敏感的物件。

我干得太投入了，甚至中午去食堂，还惦记着那些噗噗掉下来的碟片。

我居然用 15 分钟吃完饭，5 分钟返回车间，提前 40 分钟到岗！

桌上多了四堆碟片，静静地等在那里，等着我来处理，我的身体像上了发条的闹钟，咔哒，咔哒，加速度运转起来。我和 20 号机融为一体。我逐渐适应了这个空间的一切：味道、噪声、油污、速度……我投入地劳动。我正在自我消失。我作为人的特点，正在被机器抹杀，它越来越坚强，而我，越来越像它的某个零件。这是我到达这里后，最和谐的时刻！我不再紧张地环顾左右，看组长是否来巡查，想法子去厕所，找个机会偷懒……没有。我一心一意干活，将整个桌面清理得干净利落。我简直要表扬自己：在某个时刻，我甚至比机器还快！当我停下来等它时，会犒赏自己：看窗外。围墙边那排杧果树，顶着繁茂而可爱的绿叶，每一片叶上，都有纹脉，涌动着鲜活气。

4. 不能插嘴

阿清来了，拿起一张碟片，对着阳光道：披锋有些没吹好。我接过那张：还要再吹？她点头。我便抄起吹风机，再吹。递过去后，她皱起眉头：过了。

“过了？怎么过了？”我太想把这个活干好，于是，不断吹，不断问：这样？这样？很快掌握了技巧。这个度，无法精确细算，但干多了，手便有了灵感。阿清不断点头：就是这样。

主管来了，径直走到这台啤机前，看了看箱子里的货，突然道：这里绝不能出现次品。

我不明白这话从哪个角度横空出世，下意识地反抗：没有次品啊。

她和我对视一眼：她的脸很白，眼皮有些浮肿，涂着淡色唇膏，面色愠怒，和冲着机修工媚笑时，完全不同。我和她,同时想到了那一刻:她知道我看到了那一幕。她突然恼羞成怒：你顶嘴！我的忍耐亦达到极限：我只是说这箱子里没次品……她容颜大变：你还插话！一转身，她大喊：组长！组长顷刻间赶来，铁青着脸对我说：她们是检查产品的，你要听她们的，不然会返工！你要返工的！他浑身颤抖，像触到高压线。他急切地说：你不懂，产品要让她们查，你刚来，不明白……

我怎么能不明白！QC 主管高看一眼，产品就过了关；低看一眼，就要返工。一箱子几百个货，端到一边，比别人多干 1 个小时，还连累整个车间的出货率。

组长说：你道歉。

我瞪着眼，简直不敢相信。我闭紧嘴唇。不……我绝不会道歉。我提前 40 分钟来上班，努力掌握吹披锋的技术，甚至将速度提高到机器之前，工作台没有堆积一个产品……如果我承认我有错，那就是我将自己的汗水一笔抹掉，不留一点痕迹。别说我的自尊心不答应，首先是我的汗水不答应。

组长道：你怎么不听我的话？

我不解：我一直都在听啊。

他苦笑：你看，我说话的时候你也插嘴。

明白了。我终于明白了。这个瞬间真是具有典型意义：啤工，车间里最低级别的工种，身体上只长着耳朵，没有嘴巴，只能乖乖地聆听，而不能开口说话。只要开口，无论说的是什么，就是插话，就是反抗，就是不服管教！

后来，每当我试图反思这场“插嘴事件”时，都像深夜里走在戈壁滩，感觉周身辽阔，彻骨寒凉。这场事件，对真正的打工者来说，小得不值一提，但是，我记录下它，是因为它的价值在于，我是现场的亲历者。无论我将身体的耐力发挥到怎样的极限，如何适应各种规章制度，忍受疲劳疼痛，都难以改变啤工的最终命运。在这个大系统中，作为个体的啤工，其力量是微小的。在车间，啤工并未自由地发挥出体力和智力，因劳动而幸福，而感觉肉体备受折磨，精神备受摧残。只有逃出车间后，啤工才感觉获得了自由。

然后，他们全都消失了：主管、组长、阿清……只剩下我和 20 号注塑机。

半小时后，组长走来，向我招手。我站起身。他眼皮耷拉，脸色很不好看。他并不看我。在我和他之间，出现了一段极为复杂的安静。我心跳得厉害。他终于开口，语调沉闷：他们都反映你插话，打瞌睡，偷懒……现在，你可以——他咽了口唾沫（他知道我比刚进车间时进步了多少）——你可以走了……

在这个车间，我一点机会都没有，我做什么都不对，因为我骨子是彪悍的，我的脑袋里总在想着什么，我的舌头下总藏着个大怪物，让我止不住要说点什么。所以，我是被一股合力推出车间的，而不是被哪个人，哪项制度。

（厂规第八条：员工辞职，要提前 30 天通知当事方，按当地政府最低工资核算；离厂前将工衣洗净，交回人事部，如果遗失，照价补偿。凡没办理离职手续者，当月工资不发。员工触犯法律法规，后果与厂方无关）

我的第一个反应，就是拽下帽子。

我看着他说：谢谢你，组长。他涨红了面颊。

我三下两下脱掉工装，朝门口走去。我知道，那些忙碌在啤机前的人们，都看到了这一幕。我获得了解脱，而他们的刑期，还长得很。在这个油污之地，在声嚣和浊气中，过着没有希望又胜似有无穷希望的日子。当我转身挥手时，他们并不显得吃惊，但我知道，他们因知道自己无法轻易摆脱这个地方，而在内心里悲伤不已。

倒在床上时，我听到骨头缝咯咯响，身体的每一个部位，都像遭到强有力的挪移，不在原来的位置，某些地方变得沉重、坚硬，而另一些地方，又像根本不存在。这种累所导致的痛，令人昏沉，像吸食了乙醚，什么都不想干，只想尽快睡着，白天晚上地睡，一周两周三周四周地睡。

我沉沉睡去。能听到自己的呼吸声，还能闻到鼻腔中有股怪味：是混合了机油、塑胶、潮湿的车间味。我可以洗净身体表面，却无法涤荡掉那已吸入肺部，进入循环系统的车间味。我的身体！当它迸发出超强能量，变得安静下来时，多像一片薄羽毛。

第四章　后勤世界

1. 最初的训诫

电子厂的大门并非现代化的伸缩门，而是蓝色的钢板大门。

门口挂着告示：

出入请执证　上班时间谢绝探访

要上楼，先换鞋。台阶涂了油漆：果绿色！墙角一并挂着4只灭火器；拐角处立着幅广告画：端庄的短发女子，土黄工装，掐腰，左胸处戴工牌，两手交叠相握，蓝色裙边恰好及膝，肉色丝袜，两脚并拢成丁字形。这个不说话的女子一直微笑着：迎接来自四面八方的女工。此前她们大多生活在乡间，呼吸着新鲜空气，在田野间游荡，身体年轻，时间观念松散。工厂的首要任务，是要将流动人口改造为有用工人。这个过程将利用文化、权力等控制手段，或明或暗地影响人们的行为、信念、姿势和习惯，让他们迅速成长为工厂所需要的那种人。现在，这张图用标准像塑造出一个典型：有礼貌、诚实、服从。

性别被特别凸显出来。和过去强调阶级而否定性别差异相反，在珠三角的这些工厂里，女工比男工更受欢迎。生产机器只对特殊的身体，年轻女性的身体，更感兴趣，因为女性更能适应精益生产方式的要求，价格更便宜，更容易管理和控制。

在楼梯拐弯处，摆着三层玻璃的展示柜，内里铺着紫红金丝绒，凸显出电子元件的重要性，每一个元件的前面，都立着牌子，配有说明。那些被单独拿出来的电子元件，看起来很古怪，迥异于大自然中的浑然之物，然而，它们现在是珍珠一样的宝贝。这又是一堂课：离开田地的农民，需要迅速掌握另一个体系。这些物件看起来并不大，没有体温，无须和四季有关，但其内里却相当复杂，需要几千人、上万人，围着它们转。

没有暴力，没有强制，农业劳动的贬值拉大城乡差距，让年轻女孩想到城里打工，她们甚至十分清楚工厂生活的实质，可她们还是来到城市，到工厂出卖自己的劳动力。在崭新而充满压迫的新世界里，为了求生存，她们不得不接受一系列的规训，努力让自己的微笑符合画中人标准，尽快掌握紫红金丝绒上，那些古怪物件的性能。

2. 本地人与外地人

会议室有两个。面积大的，是张大长桌，铺白桌布、高背木椅；面积小的，小方桌，钢制椅。悬挂的白板上贴着告示：使用会议室后，自行将凳子整理好；另一处贴着：节约用电。我在小会议室里等后勤主管。这个屋子那么安静、整洁，尤其，当我从轰响的注塑车间、喧嚣的大街进入后，突然感觉有点压抑，心跳和鼻息被陡然放大，像某个重要的事情，即刻要发生。

乔小雨出现。光亮额头，梳着马尾，无框眼镜，宽大的蓝工装底下，身材纤细，但笑容是知识分子的，大方地伸出手，一迭声标准普通话：你好你好。乔小雨是本地人，到 25 岁才决定去日本留学，且是自费。此前，她高中毕业后在铁路上当高压配电工，一干 6 年。萌生留学念头，是她发现日资厂多了起来，突然意识到，掌握日语，或许能打开一片天。在日本，她白天上课，晚上打工，在餐厅洗盘子，到生产线做面包，当卫生员，送报纸。暑假时，一天打三份工，累得脑袋发涨，双腿打抖。

这些经历，对她管理电子厂有很大帮助。在她的建议下，厂里不间断地举行卡拉 OK、跑步、拔河比赛，自愿报名，奖品是饮料，纯属自娱自乐。但乔小雨知道，玩，也是重要的。她的后勤工作，其实就是想尽一切办法留住员工。厂里有本《管理手册》，规定了许多详尽的制度，甚至具体到没穿工鞋，罚款十元；但乔小雨说，罚款可不是最好的办法。现在厂里缺普工，缺女工。员工流失让她的工作难上加难：不能随便开除人。

春节前，厂里的员工人数为1500人，春节后变成1200人；而6年前，人数超过3000人。由于珠三角恶性用工制度，致使自2007年起，员工流失率增大。乔小雨的目标是：将流失率控制在5%。春节前厂里开会，号召员工回家后喊老乡、亲戚来厂里工作，男女都要，只要介绍的人做满三个月，便可领到50元介绍费。春节后，厂里多了300名新员工，但却流失了600人。

员工不够，远远不够……厂里常年打出招工启事：女性，17～38岁，服从公司管理，能吃苦耐劳；而公司能给予员工的是：干净防尘式车间、安装大型中央空调、每周加餐三次、给员工举行生日晚会、法定假日放假并加餐、娱乐设施齐全……并允诺有超值收获：文员、技术员等职务，皆在公司内部招聘（给普工一个提升的机会）。电子厂似乎不单是制造产品的地方，更在进行一场沉默的社会革命，这场革命的主角，就是那些离开乡村的年轻女工。

这家厂成立于1993年，董事长是日本大阪人，属商人世家，年近七旬，每年到厂视察一次；执行董事长是老板的侄儿，每月来一次；总经理负责全盘业务，是日本人；管理人员及员工，都是中国人。在高级管理人员中，有3个本地人，而员工中，没有一个本地人。某种古怪的搭配这样产生：日本人／中国人；本地人／外地人。在金字塔最高层的，人数最少，多数人在最底层，但他们的命运被少数人操纵，前途未卜，不容乐观。

中国的户籍制度，不仅决定了一个人的居住地，还决定了他的整个生活：社会等级、工资、福利、食物配给量及住房。改革开放前，中国只有一个户籍体系：城市常住居民户口、农村常住居民户口。自20世纪80年代初，东南沿海出台了关于流动人口的管理办法，于是，城里人被分为常住人口（本地人）和暂住人口（外地人）。外地人无法享受到住房和其他福利；一旦他的劳动力不再被需要，他便在城市无法继续生存。

“困身”这个词，我第一次听说。乔小雨说，本地人自由惯了，习惯于喝早茶打麻将，在厂里困身8小时，哪能受得了。外地人是没办法，才在厂里打拼。可本地人不敢干太多坏事，而外地人的道德水准，普遍偏低。

“加班”是个矛盾的词：有家的人希望加班，年轻女孩不喜欢加班。加班少的工厂工人不愿待，但加班过头，工人的离职率又会很高。最初，这家电子厂每天从下午6点加班到10点，甚至11点。后来发现不行：员工太累，不良品增多，人员流失得厉害。最后确定：加班最晚到10点。日资厂虽然管理严格，但薪水发得准时，即便老板资金周转不过来，也会借钱来发薪（乔小雨说，这点比台资港资厂都好）：5天8小时制，基本底薪920元；平时加班1小时7.93元；周六周日加班1小时10.57元。法定节假日加班1小时15.86元。夜班津贴1个月50元。绩效奖1个月10～130元。每月20日发上月工资。

"日语"是这个厂的难题：全厂上下都在努力克服语言关(图纸是日文的)。厂里培训技术员和组长学日语，并鼓励普工自己买书和磁带学习，通过考试，达到基础日语水平的员工，1个月补贴100元。即便是留学归来的乔小雨，也需要再学习：专业技术语汇，还需要啃。

3. 车间和活动室

制造一部的车间门口，贴着用各种颜色块标注出的"楼层平面图"，以及硕大汉字构成的标语：

输在犹豫　赢在行动

在工厂，总能看到这种对仗工整的语言。在这个特定的环境中，某种理念总在被强调、被凸显。无论一个人多么反感这些强硬而空洞的话，感觉它们形同虚设，然而日复一日，这些词语终将会被灌输到人的无意识之中。

进门后，侧旁立着开水器，木架上放着各类水杯，色彩斑斓。即便是这样一个普通角落，这家日资厂比我做啤工的港资音像带盒厂要更细致：四层木架涂成深蓝，台面干净，外部搭着布帘。杯子里最显眼的是粉红、米黄；多数是不锈钢杯，也有装冰红茶的塑料瓶；洗手池上有面镜子，很干净。

穿上鞋套后进入，整个车间敞开：一个巨大的蜂巢。顶部横梁挂着口号：

环境整洁身心好　整理整顿效益高

车间长约 100 米，宽约 50 米，以中部水泥梁柱为分界线，划分成左右两个区域，各排列四条长桌，女工穿粉色工装，头上扎着三角巾；男工穿深蓝工装，帽子有檐。窗户密封，拉上塑料窗帘，将工人的视线与外界隔绝，人们无法根据日出日落来判断时间，也无法呼吸到新鲜空气。中央空调24小时开着，将温度保持在20度（这是电子板所要求的温度）。地面刷着果绿色，没有任何碎屑。电子厂的环境貌似干净，但因频繁使用化学药品，女工容易头痛、喉咙痛、眼部疲劳、恶心、咳嗽、痛经。

每个工人的操作台前都立着个牌子，写着检查前、作业后、二次外观检查、导通检查、挡板……他们低头忙碌，手旁放着塑料盒、铁盘、黄皮封面的《手加工作业记录本》。在工厂，每个工人都是有用的，但却并非不可或缺，没有任何个体能够了解和影响生产的整体运作，工人只需将英文字母、箭头、图形等，储存进脑海，等看到它们，做出相应反应，准确操作便可。工人的记忆、眼睛和手指，天衣无缝地黏合在一起，形成条件反射，根本无须使用大脑。

靠窗的有个男工长相清秀，正在数一把褐色铜丝，再按照一定数量捆扎起来。在他的掌心里，铜丝显得格外纤细，他的桌上放着个牌子：LOT确认品。一想到他要整天、整月、整年地，数着这些铜丝，我不禁感到绝望；转念一想，如果这些铜丝捏在女性手里，似乎对比感便不会如此强烈。

乔小雨说：现在的情形，和刚建厂时大有不同。现在男工占三分之一，此前，从未到过四分之一。在乔小雨眼中，男员工＝难管。他们会经常打架，在宿舍或饭堂，发生口头争执后，便会动手；男员工还做事不细心，随便丢烟头、扔垃圾，喜欢聚众赌博，容易惹上街头的古惑仔……总之，每一个喉结鼓凸的青年男子，都是座可以随时爆发的活火山。

但女工也有她们的问题：上班时间爱聊天，爱闹小情绪，在宿舍里拉帮结派，若中层领导是湖南、湖北、四川、广西的，提拔干部时，大多会推荐自己的老乡。这似乎是女工的悖论：她们逃离家乡，为摆脱根植于土地上的关系网，当她们在他乡的工厂，试图对自己进行重塑工程时，又不得不再次勾连起一张族群网络图。

我们来到活动室。敞开的大房间，地板依旧果绿，玻璃窗硕大，水泥横梁上缀着红灯笼，每根横梁上都贴着标语，三张桌球，六张长条桌，多把红色软椅。我在这里看到了“妇女书屋”。其实就是一个书架，三人宽，一人高，玻璃门，上面塞着书，底部放纸张文具。

侧墙上贴着漫画，配以口号 ：

以服务团队为荣　以背叛团队为耻

以努力工作为荣　以好逸恶劳为耻

以甘于奉献为荣　以自私自利为耻

以节约物料为荣　以浪费资源为耻

这些语言，像浓缩的感叹号，每一句都携带着百分之百的肯定，而在前一个肯定之后，即刻出现一个与之相反的否定，形成两种价值体系的落差，非此即彼，非黑即白。

漫画上的女孩和男孩，眼睛出奇的大，显然受日韩影响 ；还出现很多拟人化的动物 ：举着大拇指的猫咪，在木桌上的老鼠，略带童趣，但指导这些漫画的，是粗暴、粗陋甚至粗鄙的理念。当一个团队只是为了建立这个团队的少数几个人服务，而以牺牲绝大多数人的利益为代价的话，这个团队还需要愚痴地服从吗?

那些农村来的女孩——仅仅受过一些基础教育（天性驯服，不善反叛），当她们面对这幅漫画墙时，更会被画中人的发型、服饰所吸引，而很少反思词语背后的深意。在这个厂，我依旧能感觉到种种不适。某种真正的平等关系，还需努力奋争，才能构建起来。

4. 免费杂志

操场上，十几个男工正在打篮球，周围站着的女工，只默默观看，并不发出喝彩声。我发现，下班后，男工并不忌讳戴着帽子，而女工则无一例外，全都摘掉了三角巾；另一个特点是，无论男女，皆三两结伴而行，很少有独行的女工或男工。

饭堂侧旁的洗手池嵌着白瓷砖，女工们正在洗碗，圆柱状蓝色垃圾桶，盖子敞开，倒剩饭的人并不多。进入饭堂，敞亮的大厅，左右各置塑料桌椅，灰绿色，稀疏坐着几个女工，边吃边看电视（吊在半空，液晶屏）。靠墙的箱子带小门，专放餐具。玻璃窗内，穿白衣，戴白帽、口罩的大师傅正在整理灶台。窗口分不辣区和辣区，不锈钢大盆里装着素炒海带丝、素炒卷心菜、肉丝炒腐竹、素炒黄瓜片。饭钱从工资里扣：一天三顿 9.2 元，一个月上班 22 天，共扣 203 元；周六周日吃饭要用现金买饭票。饭、汤管够，菜不能随便加。

宿舍就在办公楼后，5层，墙面上的蓝白瓷砖已破旧，有丝缕雨痕，阳台上挂着衣服，密密麻麻。靠近宿舍的一角，是个小型便利店，卖泡面、火腿肠、可乐等；木架子上有台电视，正在播放《甄嬛传》（奇怪：无论我走在哪里，电视里都晃动着服饰华丽的宫廷男女）。侧旁的公用电话，正被四个工人使用。宿舍门前停着排自行车，多数为女式自行车，也有电动自行车。

除科长有单独宿舍外，中层管理人员6人住一间宿舍，普工8或10人；宿舍两端的水房里安装了太阳能热水器，晚上冲凉要排队。每个员工要从工资里扣除住宿加水电费100元（乔小雨解释：工厂原来不扣这笔费用，是2011年上调工资后才开始扣的）。

推开宿舍的门：水泥地面，高低床被颜色、图案不同的花布，围成一个个封闭的"帘子世界"，床和床的空隙处塞着箱子，镜子吊挂在床头，垃圾桶里是揉成团的纸巾。床头是本杂志，封面是穿粉红礼服的美女。乔小雨解释：那是医院发放的免费杂志，一次发500本，发杂志的是医院员工，包吃包住，一个月1000元。乔小雨说，每期杂志都要印两三万份。

封面美女具有国际化标准：大眼、红唇、丰乳、长发、细腿；封二是广告：人流手术费，原价 520 元，现价 260 元；引产手术费，原价 720 元，现价 360 元；封三：美国痔疮清除术、韩式腋臭清除术、韩式包皮包茎手术；封底：男科妇科免费检查项目，妇科手术半价项目，全面实行药品“0”利润……正文：娱乐新闻、财富职场、健康专题医院、两性话题、情感故事、幽默笑话……

当这本杂志被女工翻阅时，呈现出某种古怪的状态：女工的身体经过工装、微笑、厂规的联手塑造，已趋于驯服；而她们手中的封面女郎，其身体却是不驯的，充满欲望、挑逗和放荡的暗示；但在这两者之间，并非彻底地割裂，而相通互补。人在工厂服从机器后，变成机器的一部分，工作紧张、单调；工作之余，人便竭力渴求生理满足，于是，大多数现代人过上了一种可怜的生活：摇摆在机器与动物间。

翻开一页：意外怀孕的少女阿丽，通过健康热线 ××× 找到了 ×× 医院意外怀孕救助中心，最终，在医生的救助下，不但解除了意外怀孕的烦恼，还打开了心结。原来，让阿丽第一次怀孕的男友，是她在 KTV 认识的（在这样的故事中，类同 KTV 的地点还有录像厅、夜总会、酒吧、发廊），两人发生了性关系。当得知阿丽怀孕后，男友不告而别，这件事严重影响了阿丽的生活观念，从此，她便以不断更换男友的方式折磨自己，变得玩世不恭，并且做爱不采取任何防范措施。阿丽已做了 6 次人流。所以，医生不但抚平了阿丽身体上的伤痛，更帮助她树立了正确的性意识。

离开这家电子厂后的第二天，我按照杂志所示的地点找到了这家女子医院：大厅空荡，墙壁上挂着粉红招贴画，营造出温馨氛围；免费挂号后，填了单子，被文员领着去二楼。大理石地面整洁，没有来苏水的味道，没有喧嚣，无须排队，这里像个豪华客厅，宽阔的长沙发上，躺着个女孩（刚做完手术？），身旁的男孩黄发，在看电视。我被领到医生办公室。医生是个女的，微胖，细眼，手里握着笔，眼神冰凉地看过来，一派“我什么都知道，你放心”的模样。我陈述病情：我有些头晕……她即刻打断我，连珠炮般地发问：月经什么时候来的？上一次性生活什么时候？有没有固定的性伴侣？我赶忙摆手，肯定自己根本没有怀孕，并提示说，我脖子疼，是不是因为颈椎引发的头晕？她愣住了，拿在手中的笔停顿了下来。我能感觉她的脑子在飞快旋转。几十秒后，她当机立断：我们治不了颈椎，你去别的医院看吧。原来，这个“专为女人看病”的医院，其实只擅长无痛人流、私处整形、妇科炎症，不孕不育……但却治不了女性眩晕症。

输液室里很安静，只有一个女孩在打吊针，十八九岁模样。我低声问她，是不是做了人流？她点点头。我问她花了多少钱，她皱着眉头说，好多。然后，脱口而出：你千万别来这个医院，他们好黑……还没说完，护士来轰我：不打针的到外面去。

我在楼下等了半个小时，看到女孩出来，上前询问：你到底花了多少钱？她说，本来选的是999元的，一上手术台，便通知要做检查，各种不同的检查做完，一算，9800元。她和男友虽然目瞪口呆，但也没办法，只好找工友借。我问她何不到公立医院去，她说，杂志上说这个医院环境好，便宜。

来自《虎门镇异位妊娠与生殖健康知识调查》的报告显示：虎门医院曾对496位异位妊娠（宫外孕）患者进行问卷调查（85%为非户籍流动人口，年龄在16～45岁间，初中以下文化程度者占91%），其中，77%的异位妊娠患者，同时患有生殖系统感染，20%的患者有过2次以上的人工流产史，虽然41%的患者知晓人流有害，但只有16%的人知道生殖系统感染容易导致异位妊娠。

故而，人工流产并非免费杂志所标榜的那样：确保手术绝对安全，确保真正无痛、无副作用……调查结果显示：人工流产容易导致妇女生殖系统受感染，致使异位妊娠呈上升趋势，将严重威胁妇女身心健康，甚至会危及生命。

5. 恋爱和上学

无论乔小雨的后勤管理工作搞得多么细致，总会有疏漏。面对茅草丛生的性问题……她，如何通过管理来捋顺？

听说，有男工会同时交两个女友？我盯着她看。

这种情况……喔……她面不改色：是有的，但不多……

她的回答令我惊诧。我原以为她会回答得更含蓄，或者，干脆拒绝回答，可乔小雨却表现得无比坦白。电子厂里男女比例失调，导致女工很难找到男友，故而引发出系列问题。乔小雨从胸腔里重重地喘出一口气：我真想，全招女工……但她马上进行否定：那样也不好。

女工经常会因痛经而晕倒在车间，这种情况在夏天很频繁，一个月会发生两三起；也会发生在赶货时（越是急，越出问题）。晕倒的女工脸色煞白，嘴唇没有血色，浑身颤抖，被抬了出去后，生产线被迫出现短暂的停顿。这是所有女工，都将会遇到的问题：月经时间和工作时间的冲突。尽管规训成功地控制了女性时间的大部分，但是，女性月经来临的确切时间、痛经的程度，以及引发的愤怒，都无法精确预见，而工作时间却刻板而僵硬，当它们发生尖锐冲突时，会引发女性晕厥。除此，经前综合征、痛经、产假、各类妇科病等，都是令工厂头痛的“女人问题”。即便女人如此麻烦，乔小雨还是不喜欢男工。她对男工的容忍，完全站在工作效率的角度。她的思维是工业时代追求效益最大化的思维：如果都是女工，会让女人感觉绝望，工作效率反而更加不高。

乔小雨不是粗陋的管理者，留学的见识，过来人的亲历，都让她深深懂得：女工对情爱的需求，远远强烈于男工。男工可以通过各种渠道排解性饥渴（看色情片、找廉价性工作者）；而女工的情感诉求更复杂：她们不仅需要性伴侣，更需要情感伴侣。而这个问题，哪里是一本充满商业味的免费杂志所能解决的？

后勤主管和车间主任，是让工厂顺利起飞的一对翅膀。单抓业务是不行的，毕竟，干活的是荷尔蒙旺盛，脸上喷痘痘的年轻人。他们远离家乡和亲人，告别了过去的生活方式，置身于全然陌生的环境，对异性的渴求，更强烈灼烫。忽视了这一点，简直像面对大海，只知道它很平静，而不知道会发生海啸一样愚痴！

下班时，从车间里涌出的人流，呼啦啦，像体育场或电影院的出口，不让她们恋爱，根本不可能！厂里对此有明确规定：不允许男女在公众场合拉手、搭肩；不能因恋爱而妨碍工作。前一条好办，一个人走在前，一个人走在后即可；而后一条，几乎算得上暧昧：怎样叫妨碍？怎样叫不妨碍？那些热恋中的男女，即便手里在干着活，也无法抑制住强烈的思念情绪。

一切都和以往不同。过去的国营大厂，生老病死全由工厂包，工人享有农民望尘莫及的特权地位，他们不仅为国家工作，且工作是终身制，并享有住房、医疗保障；而现在，工人和工厂的关系皆发生了深刻改变，掌握资本的新老板雇佣劳动者，其劳动是临时性的，可以随时被更低价格的劳动所代替的，打工者的流动性极强，工厂只追逐效益最大化，不会考虑工人的情感需求。

即便结婚的事顺利解决了，孩子上学，则是一把横在打工者心头的刀。进当地的公立学校（学费和书本费全免），几乎不可能：没本地户口；进私立小学，一学年花五六千，相当于三个月工资。私立学校教师的流动性很大，存在很多问题，但对家长来说，这是不得不如此的选择。

我曾在一家文具店里买东西，看到柜台前的桌子上，有个穿校服的孩子在写作业，便忍不住夸他认真。他的父亲翘起嘴角，冷笑道，认真也没用，还是考不上好大学。这个五年级的男生说：老师上课就是随便讲讲，然后让大家看书，他拿出根青瓜（黄瓜）来，开始大嚼。我目瞪口呆：在课堂上！当着学生的面！

乔小雨的女儿 11 岁，在市区上住宿私立学校，周末回家，一年学费 3 万。两年前，孩子刚住校时很不习惯，一打电话就说耳朵疼、脖子疼，要回家；现在，自理能力提高很多。她对女儿很严格，成绩稍有下滑，便找老师补课，两小时 100 元。女儿身体弱，就让她参加了跆拳道班。

对一个月靠加班才能拿到二三千的普工来说，无论是免费的公立学校，或质量好的私立学校，都不可能，只能选择质量一般的私立学校。第二代的差别，从进入不同学校的那刻起，就已开始凸显。家境差的孩子，要靠自己用脑袋撞墙，才能撞出个辉煌未来。

告别乔小雨后，我向车站走去，阳光扑面而来，眼睛一阵刺痛。

回头看，那个外表颇具现代色彩的电子厂，慢慢地变小了。

结　语

在工厂的日子，是一连串的因果链条，没有什么人会对女孩子们夭折的青春负责，在她们饱满的躯体内，蕴藏着最荒凉的记忆。她们沉默着，安静而倦怠，比实际年龄还老。我和她们相遇——我看到她们在排队等饭，下班后涌出楼道，在拉线上拿起电子板，从啤机里取出塑胶品，但我却无法看清她们的全貌；当工厂的大门关闭后，这幅少女群像图，渐渐变得模糊，成为某张褪色的旧照片。无论我怎么辨认，也还原不了其中的万分之一。我只能说出我所看到的那点细小和琐碎，那点微光和温暖。

2012 年 1 ～ 6 月完成于东莞樟木头“中国作家第一村”

绝地上的诞生

——一个令人发疯的科学神话 |陈启文|

陈启文，男，20世纪60年代出生，湖南临湘人。1982年开始文学创作，主要著作有长篇小说《河床》《梦城》《江州义门》、散文随笔集《季节深处》《漂泊与岸》《港澳往事》《孤独的行者》、长篇报告文学《南方冰雪报告》《共和国粮食报告》《命脉》等二十余部。曾获第二届中国出版政府奖、第三、第四届“三个一百”原创出版工程图书奖、郭沫若散文奖、老舍散文奖、徐迟报告文学奖等。现居东莞，广东文学院签约作家，一级作家。

王化云说：“小浪底不上马，我死不瞑目！”

钱正英说：“三峡我敢签字，小浪底我不敢。”

——写在前面

一、黄河的命门

从三门峡到小浪底，130余公里，一条泥沙俱下的黄河在峡谷里快速推进，连越野车也追不上。在时光之河的峡谷里，飞奔的感觉是真实的，半个世纪的岁月，一路如同山水泼墨，一个多钟头就到了。逝者如斯夫！戛然而止处，乍见一道赭红色的大坝将黄河拦腰截断，在大河之上，更能感觉到一种横空出世、波诡云谲的气势。忽然间，感到没有了前路，又忘了归途。

打开手机上的高清卫星地图，找到了我此刻的位置：此处南距洛阳 40 公里，北离王屋山 50 公里。洛阳不只是千年帝都，且是一座八面环山、五水绕城的城池。王屋山，愚公移山的那座山，如果愚公在这个时代再活一回，他是否会挖掉一座山，又搬来一座山，在这里把黄河拦住？愚公是一个民族生生不息、不屈不挠的精神象征，在某种意义上也是西西弗斯神话的中国版。不同的是，西西弗斯的意义是徒劳的，而愚公却以人类最愚蠢也最决绝的方式引来了仙人襄助，如愿以偿。这也是人神合作的一个典范。

看黄河北岸，那与云影相互交织、难以分辨的山影，是随九曲黄河一路逶迤而来的中条山脉，延伸到济源、孟县一带又与太行山相连，因势赋形，势是山势，形为水形。南岸则是秦岭东段支脉崤山的余脉，一座在更深邃的背景下展开的历史文化名山——邙山。这是小浪底的背景，一旦抽空了这个背景，你就无法理解小浪底，无法理解小浪底对于黄河多么至关重要。如果说邙山是黄河与其支流洛河的一道分水岭，小浪底则是黄河中下游的一道自然分水岭。从三门峡至桃花峪区间，这一段兴风作浪的黄河，由小浪底分为两部分：小浪底以上，河道穿行于北岸的中条山和南岸的崤山——邙山之间，两山夹峙，由此而形成了一道抱紧了黄河的豫西山谷，也是晋陕大峡谷最后一段，但人类却不再叫它峡谷，而是山谷。山谷和峡谷是有区别的，如果说三门峡是黄河最后的峡谷，这里则是晋陕大峡谷的出口处，也是黄河从一条峡谷河流向平原河流过渡的地带。在重重叠叠的关隘与纵横的沟壑之间，从黄土高原奔突而来的黄河，无论怎样咆哮也只能俯首听命。而黄河一旦冲出夹持它的最后一道关口，黄河便变得躁动不安，像脱缰的野马一样肆虐难羁。再往下，在越来越开阔的大河两岸，已经看不到危险而陡峭的峡谷，连灰冷而逼仄的山谷也越来越放松了。随着两岸的山脉逐渐被一条奔流的大河抛在脑后，河道、河床、河谷越来越宽，辽阔的中原已经没有任何天然屏障来约束一条大河，一切都交给人类了。

哪怕像我这样一个水利的门外汉，看到这里也大致看清楚了：在黄河从峡谷河流变成平原河流之前，如果有必要在三门峡以下再造一座掌控黄河的水利枢纽，小浪底就是一道命门，这是黄河给人类留下的最后机会，甚至是唯一的选择。

事实上，黄河的这道命门早就被人类盯上了。追溯起来，20 世纪 30 年代，一些独具慧眼的中国水利专家向当局递交过小浪底水库选址的报告，但没有下文。到了 40 年代，又有日本、美国水利专家的身影在小浪底的荒凉河谷里时常出现。而后，他们也提出在小浪底筑坝建库的建议。然而在那样一个血流成河的乱世，谁还有心思来理会黄河的命运，这些建议注定只能是一纸空文。

若要大河安澜，先要人间太平。随着新中国的诞生，一个乱世变成了治世，人类开始着手对黄河综合治理，治水与治国从来就是高度统一的。而人民治黄的历史，比新中国的诞生还要早。1946 年 5 月，王化云被任命为冀鲁豫区（解放区）黄河水利委员会主任，这是他一生治黄的开始，也是人民治黄的开始。解放后，王化云又被任命为新中国的首任河官——水利部黄河水利委员会主任，直到退居二线，直至逝世，在人民治黄60余年的历史上，王化云扮演了近40年主角。这是一个对黄河有大爱的人，也是一个有大气魄、大手笔的人。面对一条千古悬河，他要用他的理想、他的智慧、他的气魄来实现黄河岁岁安澜的大梦，解众生于倒悬。从三门峡到小浪底，黄河中上游的每一个水利枢纽工程，几乎都是在他主导下上马的。1955年制定的黄河治理规划，是新中国治黄的路线图。按规划，人类将在黄河上建46座梯级工程，既可利用水库一级一级地拦蓄洪水，削峰，挫峰，极大地减轻下游防洪的压力，又可以把水资源转化为中国严重紧缺的电力资源。小浪底是46座梯级工程的第40级。如果三门峡工程不出意外，小浪底工程或许早就上马了。而修建三门峡工程的一个核心意图，就是在一道峡谷里为奔向黄河下游的洪水设置一道命门，作为控制洪水下泄的总阀门或总开关。然而，王化云的大手笔却变成了大败笔，一座人类精心设计的命门，最终却变成一座人间与地狱之间的罗生门。对那些深受其害、万劫不复的生灵，它就是一座通向地狱之门，也是新中国水利史上最惨痛的一个教训。

对于力主三门峡工程上马的王化云，从义不容辞到难辞其咎，一直深陷在罪与罚的阴影里，这也是他将要背负一生的十字架。但一味指责王化云、埋怨三门峡都是徒劳的，也是弱智的。一个糟糕的工程，不能简单地归咎于某一个人，在那样一个狂热的时代里，只要参与其间者，每个人都有责任。而比问责更重要的是如何补救。事实上，王化云也没有被这个十字架压垮，没有被黄河这条世界上最复杂、最凶险莫测的大河吓倒。他一直在反思，也一直在筹划：对三门峡留下的太多的后遗症，仅靠三门峡工程本身难以从根本上解决，如果在三门峡下游至桃花峪之间再造一座水利枢纽，就能够从三门峡工程中汲取教训，只要能解决好库容泥沙淤积问题，对一个失败的工程很可能就是一种成功的补救、一个再造的奇迹。

一个人，在世事洞穿之后，就可能具有非凡的眼光，这一次他真是看准了。然而，三门峡惨痛的教训，离小浪底实在太近，这也让人们对规划中的小浪底工程变得特别踌躇，如同生死徘徊，难以抉择。在三门峡之前，人们想得最多的是如何创造辉煌，而在三门峡之后，想得最多的则是最坏的结果：若在三门峡以下再造一座黄河的命门，会不会成为下一座罗生门？人类的态度，亦如罗生门的词义进一步延伸。罗生门这一词诞生时便有“生死徘徊”的意味，故而后来演化成指当事人各执一词，各自按自己的利益和逻辑来表述证明，同时又都无法拿出第三方的公证有力的证据，结果是陷入无休止的争论与反复。

就在人们难以抉择的徘徊中，一场与黄河无关的人间浩劫发生了。王化云在劫难逃，他必须承受那个疯狂时代的恶作剧，白天戴着高帽子挨批斗，夜里关在牛棚里写检查。但无论怎样的折腾和折磨，都无法压抑他的小浪底情结，一旦摘下了头顶的高帽子、脖子上挂着的纸牌子，他脑海里蹦出的第一个念头便是小浪底。

十年浩劫中出现的第一次转机，是 1970 年 3 月。在周恩来总理的特意关照下，国务院副总理余秋里把王化云接来参加国家计委工作会议。会议开始时，王化云还有些诚惶诚恐，周总理环顾会场，一道目光在他身上掠过，好像看见了他，又好像没看见他，突然大声问：“王化云同志到了吗？”

王化云一听总理的呼唤，眼眶顿时一热，站起来沉声回答：“到了。”

周恩来含笑冲他点了点头，又当着众人大声问：“解放了吗？”

这一次王化云加大了嗓门：“解放了！”

周恩来微笑着带头鼓掌。在热烈掌声中，王化云很快就冷静下来了，这是一个机会，他要抓住这个难得机会，向总理说出他修建小浪底水库的想法。总理一直用心地听着，在本子上记录着。——这是我在小浪底听说的一个故事，而比故事更接近真相的还是历史，在那样的岁月，一个大型水利工程想要上马，只是极其渺茫的希冀。而一个人也只能为了这渺茫的希冀而继续奔波、疾呼。但小浪底建不建？怎么建？该建成什么样子？又到底该建在哪里？多少年来依然是争论不休，除了政治上、经济上的原因，也有技术上的原因。总之是，在激烈的争议中只听雷声响，不见雨点下。

或许是命运的刻意安排，小浪底工程最终决定上马，还真与一场暴雨有关。

1975 年 8 月，一场台风带来的特大暴雨袭击豫南驻马店、周口、漯河等中原地区。对那场暴雨，无论是中央气象台、河南省气象台，还是离灾难现场最近的驻马店地区气象台，无一做出准确预报。据当年的气象资料显示，一场巨大的灾难在降临之前就以风暴的方式，在太平洋上空形成，随后便穿越台湾岛在海峡西岸的福建晋江登陆，后被气象界命名为该年度中国内地第 3 号台风,和一场被命名为“75·8”的灾难紧密相连。一般来说，无论多么具有摧毁力的台风，在横扫东南沿海一带的同时，都会变成强弩之末，在陆地上迅速消失。而 3 号台风却以罕见的强大穿透力，在穿越福建、江西、湖南等关山重重的内陆腹地之后，又在湘西北（湖南常德附近）突然转向，北渡长江直入中原。这在气象上是非常罕见的。更罕见的是，这场台风不但充满了极强的穿透力，行径也非常诡秘，就在气象界追踪它的踪影时，它却在最要命的关头，突然从中央气象台的雷达监视屏上消失了。如果真是消失了也就好了，而它一旦再次出现，一场史上罕见的特大暴雨几乎是在人类猝不及防的状态下突然降临。特大暴雨必然带来特大洪水，顷刻间，河南淮河支流洪汝河、沙颍河等几近干涸的河流便变成了洪水汹涌、浊浪翻滚的灾难之河。而在暴雨中心——位于板桥水库的林庄，最大 6 小时雨量为 830 毫米，超过了当时世界最高纪录——美国宾州密士港的 782 毫米；一天 24 小时最大雨量为 1060 毫米，创造了我国同类指标的最高纪录……

对这场台风带来的暴雨洪水，不但气象学家没有想到，许多水库设计者也未曾料到，暴雨与洪水的威力大大突破了人类的预计和设计，板桥水库、石漫滩水库等60多个大中型水库相继垮坝溃决。据一些劫后余生的人回忆，板桥水库20多米高的大坝溃决时，还是凌晨4点钟左右，这也是人们睡得最深沉的时候，很多人在睡梦中被那山崩地裂般的震撼惊醒了，还以为是地震了，惊慌地跑出屋子，睁眼一看，眼前是浑茫弥漫的四野，什么也看不见，茫然不知所以时，很多人就被洪水卷走了。在那些侥幸逃过一劫的幸存者眼里，只有满世界的水，他们并不知道从决口处冲下来的洪水有多大的流量，只感觉如翻江倒海，山呼海啸。多少人还没来得及看第二眼，便被洪水淹没了，在呼啸、咆哮与救命的呼叫声中，只见一次次沉下去又一次次浮起来的人头，每个人都在拼命挣扎，挣扎到最后。那些庄稼、树木、房屋、村庄像被瞬间抹掉了一样。这是无数人最后一眼看见的世界——世界末日，然后就被一股不可遏止的力量冲到了另一个世界。后来从泥沙里挖出来的受难者，一个个都目瞪口呆，这是他们在一瞬间凝固的神态，如同化石。

据灾后统计，在这场灾难中，1000多万人受灾，近

2000 万亩耕地被淹，500 多万间房屋倒塌，30 多万头耕畜被洪水冲走。一条纵贯中国南北的大动脉——京广线，被洪水冲毁 100 余公里，遂平火车站一辆重达 50 吨的车厢被冲走 5 公里，铁轨被扭成麻花。京广线中断行车半个多月，影响运输一个半月，而一场灾难给人类带来的直接经济损失就有近百亿元。这是迄今世界上发生的最大最惨烈的水库垮坝惨剧。而最宝贵的莫过于生命。王化云每提到黄河防洪，必提到这场灾难和那数以万计的死难者，他眼里闪烁着泪光说："一场水灾，死了两万多人，两万六千多人啊！"而我看到的另一个数据是，在这场暴雨洪灾中有超过 24 万死难者，数以千计的人家成了绝户。

淮河上游的一场暴雨，以异常诡谲又猝不及防的方式对黄河发出了严峻的警告。

如果说三门峡是离小浪底最近的教训，"75 · 8"暴雨洪灾则是离小浪底最近的灾难。

在中原大地上，中国七大江河水系中有四大水系在这里流过，长江，黄河，淮河，海河，都没有撇开这片大地。而黄河与淮河原本就是难分难舍、处于同一时空之下的两大水系，历史上多次漫漶交织在一起。最典型的一个例子，黄河几乎是紧挨着郑州流过，黄河水利委员会的总部就设在郑州，而郑州却并非黄河流域的城市，而是淮河流域最大的城市。如果此次灾难不是发生在豫南，必将是两大流域叠加的灾难。又如果说，三门峡的惨痛教训是让小浪底工程一再延宕的原因，“75 · 8”暴雨洪灾则是最终把小浪底工程逼上梁山的反作用力。假设一下，这场暴雨如果降临黄河，据专家预测，花园口将出现4.6万立方米每秒的特大洪水，远远超过黄河下游防洪标准。从概率上看是万年一遇，这个概率很小，但不怕一万，就怕万一，人类防洪防灾，防的就是万一。在人们反思这一场灾难的同时，河南、山东这两个黄河下游的省份，也是历史上黄河洪灾的重灾区，急电中央，呼吁抓紧在三门峡以下修建大型蓄滞工程——这其实也是人类在灾难中形成的共识。尽管当时黄河下游已多年断流，但防洪，依然是黄河水利工程的重中之重。同三门峡的生死未卜相比，对小浪底工程的上马，一直以来，几乎很少有质疑的声音，连当年坚决反对三门峡工程上马的黄万里先生，对小浪底的态度也不那么排斥，他提出，在满足若干条件的情况下，是可以修建小浪底大坝的。应该说，在中国，上上下下，对一个大型水利枢纽工程的上马，还很少有这样心照不宣的高度默契。

在一种强烈的危机感驱使之下，小浪底水利枢纽的规划与设计加快了步伐。但对这座三门峡至花园口区间的水利枢纽，人类又从上马与否的争议进入了另一场争议：黄河中游的这座命门，到底是建在小浪底，还是小浪底下游的桃花峪？

从桃花峪的地理位置看，优势是明摆着的：在这里建水库，控制面积比小浪底更大，按规划设计，基本上可以抵挡来自中上游的各种类型的大洪水，堪称一个投资小、工期短、见效快的工程。但劣势也是明摆着的：黄河一过小浪底，再也没有峡谷控制，一座巨型水库只能修建在宽敞的黄河滩上，按设计，是在黄河滩上围一道长 30 公里的拦蓄大坝，与其说是大坝，不如说是一道长堤，对这样一个平原型水库，到底有多大的效果呢？有人比较乐观，也有人戏称为“晒太阳”工程，言下之意，这样一个花大把钱搞出来的工程，很可能只能躺在黄河滩上晒太阳。且不说这种“晒太阳”的可能，还有另一种极具灾难性的可能：在悬河之上再建一个充满悬念的水库，一旦蓄水很容易发生管涌。桃花峪的右岸就是已接近尾声的邙山，邙山有四大滑坡体，一旦蓄水，这黄土坡经水浸泡，就会滑到水库里，势必会大量淤积有限的库容，更直接影响坝肩的稳定。而最让专家们担忧的还是一个大难题，这也是三门峡一直难以化解的根本症结：泥沙淤塞，造成回水倒灌库区上游。三门峡回水倒灌了潼关以上的关中平原，而桃花峪也是黄河泥沙极易淤积的一段河道，一旦淤塞，回水就会回到洛阳白马寺，倒灌洛阳盆地，淹没大量良田，洛阳尽成泽国。这让当地政府极力反对。哪怕硬着头皮上，也存在移民安置等问题，这也是中国水利建设中一个最难以解决的问题。如三门峡移民问题，一直以来都是一个难以断根的遗留问题，于国于民，都有说不尽的悲怆。那么，是否还有第二种选择呢？

再看小浪底，这是黄河干流最后一段峡谷的出口处，也是三门峡以下唯一一段可以不被淤死的河道，按人类的设计意图，这也是唯一能够全面承担防洪、防凌、减淤、灌溉、供水、发电等重任的综合性枢纽工程。然而，这既是一个绝佳的地理位置，又是一个水利工程的绝地——从 1953 起，黄委第一钻探队就在小浪底打下了 11 个地质钻孔，每一个钻孔都让人类陷入了深深的绝望。这里不但像桃花峪一样面临着大滑坡体的威胁，更要命的是河床下有 80 多米深的鹅卵石层。在这样极不稳定的地质条件下筑起一道横截黄河的大坝，如同在沙滩上建造一座摩天大厦。这也是反对者一个最坚决的反对理由，水利工程建设中最忌讳的东西都几乎占尽了，不是人们不想在这里筑坝，而是根本不能在这里筑坝。如果人类一定要决绝地在这里筑坝，小浪底的命运很可能比三门峡更令人绝望。

这就是摆在人类眼前的两个选择，只有这两个选择，这也是共和国水利史上最艰难的抉择，生死攸关的抉择。从 1976 年开始，当时的国家水电部每年都要召开一次专门讨论会，与其说是会商，不如说是唇枪舌剑的论战、面红耳赤的交锋。在那样一个万马齐喑的时代，水利似乎成了唯一可以自由讨论的空间，而且还非常强调科技民主。而一年一度的论战，围绕两个选址方案形成了两大阵营，一个是桃花峪派，一个是小浪底派。相持不下，谁也说服不了谁，结果只能是此起彼伏，用时任水电部部长钱正英的一句话说："逢单是小浪底，逢双是桃花峪。"这是一句半开玩笑的话，却也是历史的实情。而当年力推三门峡上马的王化云，这一次又最坚定地站在了小浪底一边。每次讨论，小浪底都是黄委拿出的第一方案，而不是第二种选择。

就在人类激烈交锋的同时，一场场接踵而至的灾难，形成了对人类步步紧逼的倒逼机制。在“75 · 8”暴雨洪灾发生四个年头之后，又一场台风带来的暴雨降临了。这一次不是发生在淮河流域，千真万确就发生在黄河流域，从三门峡至花园口区间，1979 年的汛期连降大到暴雨，黄河下游水位急剧抬高。8 月 2 日，黄河花园口水文站洪峰流量超过了 1.53 万立方米每秒。这虽然比人们预料中的那场千年一遇的大洪水还要小很多，但也是一场特大洪水，黄河下游的防洪形势已经到了危在旦夕的程度。黄河防总严阵以待，30 万军民奔上大堤，严防死守，并紧急开启东平湖分洪闸门泄洪，最终把洪水安全导入大海。但这绝非人类又一次战胜洪水的奇迹，扬长而去的洪水留给人间的是惨痛的损失。就在这次洪水来临之前，年逾古稀的王化云刚被国务院任命为水利部副部长兼黄河水利委员会主任。这让他充满了一种“烈士暮年、壮心不已”的悲壮使命感，深感自己余生短暂，决意在自己生命的最后岁月，把小浪底工程推上马。

他甚至说出了这样的狠话：“小浪底不上马，我死不瞑目！”

无论王化云的态度多么坚决，都需要钱正英这个水利部长来拍板、签字。这对钱正英也是最艰难的抉择，她说了一句实诚话："三峡我敢签字，小浪底我不敢。"

岁月蹉跎，一晃又是一年过去了。直到1980年11月，水利部在对小浪底、桃花峪工程规划进行又一轮审查讨论后，最终选择了小浪底，并责成黄河水利委员会对小浪底工程抓紧设计。而这一历史重任又直接落到了一个人的肩膀上，这也是我接下来叙述的又一个主角——林秀山，一个平凡的、又必将载入史册的名字。

二、小浪底不是三门峡

一段历史还在叙述，另一段历史已经开头。

对于我这样一个水利的门外汉，也只能以旁观者的视角切入那一段非同寻常的历史。

若要搞清楚小浪底从规划、设计到施工的全过程，林秀山便是历史的证人。眼前这位白发似雪的老者，年过七旬，精神矍铄中，散发着内敛而凝重的气质。他和我父亲同龄，却是另一种意义上的父亲，很多人都把他誉为"小浪底之父"。但他本人坚决否认这一说法，老人连连摇手说，他只是小浪底的一个普通设计人员，干的也是分内的事。

在老人谦逊的摇手之间，仿佛也挥去了笼罩在他身上的一层层光环，露出了一个黄河水利人朴素而平凡的精神质地。但我知道，无论这个老人显得多么谦逊、平凡，都无法遮蔽一个非凡的事实，从小浪底枢纽工程的初步设计一直到全部竣工，从头到尾，都是在他的总设计下完成的，这就是他说的分内之事，他是小浪底工程的设计总工程师。第一感觉，这是一个习惯于沉默的老人，这也是许多水利工程专家多年来沉潜深造的结果，他们更多的是实干，而很少言语。但沉默归沉默，谦逊归谦逊，有一种方式可以让这个老人打开话匣子，一说到小浪底，林老立马两眼放光，一个父亲的形象突然变得逼真了，那神情，就像说到自己有出息的儿子。

还是从头说起吧。1963 年，二十出头的林秀山从清华大学水利水电工程系毕业。那可真是一个藏龙卧虎的学系，只说两位在中国水利界堪称泰斗级的人物，一个张光斗，一个黄万里，他们以各自的方式诠释了清华人的水利精神。这里不说黄万里，只说张光斗。林秀山师从张光斗，尽管时下对张先生颇有争议，但他对中国水利事业的贡献就像他缔造的一道道水利丰碑一样，折射出共和国的一部水利史。从荆江分洪、官厅水库、三门峡工程、五强溪水电站、二滩水电站一直到三峡工程，几乎每一个大型水利工程都离不开他沉思的身影。在水利理论和教育上，张光斗率先在国内开设了水工结构专业课，并建立了中国最早的水工结构实验室，开创了水工结构模型实验。名师出高徒，清华水利水电工程系毕业的学子，后来几乎都成了中国水利事业的栋梁，林秀山便是其中之一。

从清华大学毕业后，林秀山便投身黄河的治理开发。黄河既是他倾注了毕生心血的一条大河，也是他生命中的一条大河。他是山西太原人，从太原穿城而过的汾河，是黄河第二大支流，而他用了二十多年的时间，从支流走进了主流。当历史的重任直接落在他的肩膀上，他正值走向天命的年岁，时任黄委会勘测规划设计研究院副院长。1987 年，他又兼任了小浪底工程设计分院院长和黄河小浪底水利枢纽设计总工程师。这意味着，小浪底这幅让无数人充满了憧憬也充满了复杂变数的蓝图到底该怎么画，就交给他和他的这个团队了。四年后，以林秀山领衔的专家组提交了小浪底工程的可行性报告，按他们的设计规划，这是一个“以防洪、防凌、减淤为主，兼顾供水、灌溉和供电”的大型水利枢纽工程。它和别的水利枢纽工程最明显的区别，就是把防洪突出地放在了第一位，而把能直接产生效益的供电放到了最后。

对这个可行性报告，国务院在审查过程中又提出了很多问题，重点是要求进一步研究如何采用新技术和改进施工方法等。接下来，又是长达四年的设计、论证，人类用精细而繁复的笔，在那如迷宫般的弧线、图形与符号中，对每一个比针鼻还小的细节，进行一次一次的修改和优化。这些图形、符号让我下意识地联想起仰韶出土陶器上那些宽带纹、网纹、花瓣纹、鱼纹、弦纹和几何图形纹等。六千多年的岁月一下贯通了，从前世到今生，一条黄河激发了炎黄子孙源源不绝的想象力。如果说古人的刻画更多地充满了情感的暖色调，今人则把更犀利的笔锋深入到了大自然的骨骼里，心脏里，脉络里。人类在黄河上描绘出来的种种蓝图中，这应该是最精细的一幅，也是最小心翼翼的一幅，从林秀山到每一个设计工程师几乎是在一个绝望的世界里描绘着希望的图景。如果说成功是唯一的目标，失败则有无数种可能。从暗藏的玄机、蛰伏的凶险，到所有灾难性的可能，人类把该想到的一切都想到了，把不该想到的一切也想到了。

1991 年 9 月 1 日，这是一个开学的日子，小浪底水利枢纽前期工程开工了。或许只是巧合，却又意味深长，无论是开工典礼，还是开学典礼，都有着对未来一份答卷的期待。

这年，林秀山 52 岁，他和他的设计团队已为一个纸上的水利枢纽倾注了八年心血，而那曾经满头的黑发不知不觉已夹杂着一缕缕光亮的白发，一张白纸，在他温热的手里终于变成了蓝图，但变成现实至少还要再等十年。

这一年，王化云 83 岁，由于多年来一直身患冠心病，他只能支撑着病体，躺在病榻上观看小浪底开工的电视画面，一个长久的憧憬，终于如愿以偿，一身的沉疴与锥心的病痛被欣喜与兴奋压住了。他睁大两眼，凝视着每一个镜头，眼眶里闪烁着颤抖的微光，一串憋了几十年的老泪，无声地滑下。他是幸运的，终于等到了小浪底开工的这一天。遗憾的是，他已经等不到小浪底建成的那一天，1992 年 2 月，他便溘然长逝了，临终时，一只眼闭着，一只眼睁着。按他的遗嘱，他的骨灰一部分安葬在邙山的妻子墓旁，一部分撒在黄河里。一个为黄河奔波一生的生命，最终魂归黄河，九曲黄河的波涛里，依然汹涌着不尽的忧患，依然浮动着他依依不舍的牵挂，而小浪底，无疑是一个黄河之子魂牵梦绕的频频回首处。

同新中国水利史上的无数水利工程相比，小浪底有很多特别之处。它绝不是三门峡那种大跃进式的工程，从规划设计到前期准备施工，一个痛定思痛的教训让中国人终于告别了那种理想主义的狂热冲动。小浪底人一直保持着理智上的冷静和清醒，一直在沉稳中从容不迫地推进。且不说此前长达八年的规划设计，仅前期工程施工就干了整整三年，直到 1994 年 9 月小浪底主体工程才破土动工。不慎重不行，水利工程是人命关天的工程，最终对它做出评判的不是人类，而是历史。古往今来，哪一个搞水利的人，不想再造一个都江堰？然而数千年来，中国人又能留下几个都江堰？这是所有水利人的梦想，也是人类难以实现的梦想。但有一个最基本的底线，一个水利工程绝对应该利大于弊，绝对不能再出现三门峡那样的败笔，否则，一笔昂贵的学费又算是白交了。

小浪底工程还有一个特别处，也可以说是它的特殊身份印记，它不再是一个狭义的中国水利工程，而是一个广义的世界水利工程，它身上拥有来自全世界最优秀的基因，它的血管里流淌着来自世界的资本。当年为修三门峡工程，周恩来总理“作了这么一个世界性的报告，全世界都知道了”，而小浪底工程则是一个名副其实的世界性工程，全世界的人都参与了。

20 世纪 90 年代，中国水利事业已从一个狂飙突进的时代跌入了历史的低谷，也可以说是从一个极端走向了另一个极端，国家一年的水利投资在当时不过 30 多个亿，小浪底数以百亿计的巨额投资从哪里来？一个字，借，向世界银行借。这对向来以既无外债，又无内债自诩的中国人又是一次难以作出的抉择；但反过来一想，这何尝不是一种十分自信的表现，敢于借，就是相信自己还得起。从羞于借债，到敢于借债，是中国人在自身的嬗变中，以小浪底为轴心发生的一次世界性转身。从此，中国人不再像从前那样一味强调“自力更生”，而是对自己的未来更加充满了自信，借世界上的钱来办自己的事，同时，也是借未来的钱来干眼前急于要干的事。这样的自信，对一个民族，在某种意义上比自力更生尤为重要。

然而，这世界上的钱也不是你想借就能借到的，无论你怎么强调自己的特殊国情，你都必须接受世界通行的游戏规则。作为总设计工程师的林秀山，除了负责工程的总设计，还要投入很大的精力，对利用世行贷款进行可行性研究，主持接待世界银行对小浪底项目的考察评估。对那些老外几近苛刻的严谨，他有着比一般人更深刻的感触。想起当年那些事，老人的微笑里充满了苦涩，说："你说你严谨，你同那些老外打交道就知道啥是严谨了，他们提出的问题特别多。诸如，为什么修小浪底？可行不可行？还有一条，出了问题，有无备选方案？你听着这些问题，很简单，就像个什么都不懂、什么都要打破砂锅问到底的孩子提出来的问题，可这些问题要回答清楚很不简单，我们光给他们看的评估报告，堆起来这么高……"

老人随手比画了一下，让我一下看到了那个高度，差不多有半人高。

世界银行终于答应贷款了，但你不但在贷款上要接受世界通行规则，在工程上也必须和世界接轨：从设计到施工，每一个关键环节都必须向世界招标。众所周知，解放后，中国人一直在计划经济体制下办水利，大型水利工程无一不是国家工程。国家把一个工程交给某个工程局，而当时所有的工程局也都是国家的，从施工、质量监控、投资控制都由这个工程局一揽子负责、一条龙完成，直到最后把钥匙交给你——交钥匙工程。而按国际惯例，你一个工程首先得有业主，小浪底是国家工程，但这个业主不能笼统地由国家来担当，必须有一个很直接、很具体的业主。为此，水利部成立小浪底水利枢纽建设管理局，一个重要使命就是来担当这个业主，代表国家行使业主的职权，面向国际招标。1993 年 8 月，小浪底土建工程项目国际竞争性招标开标仪式在北京举行，由国内外三十多家公司组成的九个国际承包商联营体和一个独立投标商参与竞标。林秀山又开始和这些“国际纵队”直接打交道，全程参与了工程的招标和评标。在激烈竞争中，最终中标的都是世界水利工程建设的各路劲旅：

以意大利英波吉罗公司为责任方的承包商中大坝标；

以德国旭普林公司为责任方的中德意联营体中进水口泄洪洞和溢洪道群标；

以法国杜美兹公司为责任方的小浪底联营体中发电系统标。

按国际惯例，除了业主、施工单位，还得有监理单位，而业主和施工单位都不能自己监督自己，为此又专门成立了小浪底咨询公司，负责工程监理。与此同时，水利部还设立了水利部质量监督总站小浪底项目站，负责质量监督。对各项支出，由国家审计署审计。就这样，一整套按国际通行标准打造的水利工程建设体系，在小浪底组成了。如今，这些国际惯例早已成为中国惯例，但在 20 世纪 90 年代，这些国际惯例对于中国无一不是划时代的开创与破冰之举，这也正是小浪底工程超越了一个单纯水利工程的意义。在小浪底这样一个峡谷的出口处，中国人从头开始学会了世界通行规则，又在实战中越来越熟练自如地运用着世界通行规则。那些在计划经济体制下以服从命令为天职、从来不问世事的国家工程局，如今也按国际惯例打造为“国际纵队”中的一支支劲旅，在国际竞标中击败了一个个强有力的对手，登上了世界工程建设的一个个制高点。

在小浪底的设计上，也凝聚了世界的智慧。从 20 世纪 80 年代，中方人员就与美国伯克德工程公司进行小浪底工程联合轮廓设计。柏克德公司是一家具有百年历史的综合性工程公司，他们的目标是永远做全世界最优秀的工程设计、施工及管理公司。说起来又令人匪夷所思，这家在美国工程建设领域名列榜首、在全球工程总承包商中名列前茅的公司，竟然是一个家族企业。一个家族企业创造的利润几乎超过了中国当时所有的国家工程局，他们在世界七大洲一百多个国家和地区承建了数以万计的工程项目，无一不让人尊敬和仰望，其中堪称 20 世纪工程奇迹的美国胡佛水坝、英吉利海峡海底隧道等，都是伯克德的代表作。而他们参与设计的小浪底，无疑也是他们在中国的一个代表作。

小浪底不但让伯克德引以为荣，凡是当年参与小浪底工程的建设者，无一不对这一工程充满了自豪。作为一个世界级工程，小浪底给全世界带来了荣耀。中标的三大公司，无一不是世界一流水平的国际水利工程公司。在接下来的施工中，他们大规模采用了世界一流水平的新技术、新工艺和先进设备，这也让小浪底成了世界最先进的水利科技竞争平台和展示平台，一下就把中国水利工程建设推上了世界一流水准。

随着一支支洋施工队组成“国际纵队”挺进小浪底，一夜之间，这些来自五十多个国家和地区的国际施工人员，把晋陕大峡谷的一个出口处变成了一个旌旗招展的小联合国。这也让许多当时还处于闭塞状态的中国人，第一次看见了地球村是什么模样，第一次看见了那些建筑工地上的洋大人是怎样生活的。他们的生活区，如同优雅宁静的国际社区，新中国历史上的第一个国际社区，或许就是在小浪底形成的。花园，绿地，太阳伞，沙滩椅，游泳池，营造出了一方清风徐来、暗香浮动的温馨港湾，一道有形或无形的围墙，避开了建筑工地的喧嚣与尘土飞扬，也让在同一个建筑工地上劳动的中国工人可望不可即，在他们眼里，那是如同梦幻般的人间仙境。那些从工地上回来的老外们，穿着泳装、浴衣，或在阳光下秀着健美的肌肉，或躺在白色的沙滩椅上悠闲地喝着咖啡，一个个神清气朗，脸上看不见一丝倦色，怎么看也不像是建筑工地上的施工人员，倒像是在度假村里度假的贵族绅士。而中国的建筑工人，在自己的国土上，住的是简陋的集体工棚，房子是板壁钉起来的，床铺是砖块垒起来的。那些刚下班的工人，像是刚从烂泥坑里挣扎着爬出来的，一个个浑身泥水，疲惫拖沓，拖着的两条腿，像是灌了铅一样。

同一个工地，却像不同的世界，不同的人类。

这还只是表面上的差别，还有更深层的文化、理念和思维上的差异，你看不见，却碰得见。在施工中，这人性深处的差异时常会以碰撞的方式彰显出来。正是在这样的碰撞中，让很多以前很少和老外打交道的中方人员明白了一个很普通的常识，一个世界性的真理：跟这些老外打交道，你千万别讲那些吃苦啊、奉献哪、精神啥的，他们不跟你讲这些，你只能跟他们讲合同，对于他们，合同就是一切。

有这样一个细节：1997 年 10 月，大河即将截流，中外工程队都在按合同规定的工程进度施工。由于小浪底地下水位很高，在一号导流洞浇筑混凝土时，里面积水较深，但外国施工方为了赶工期，没有及时抽水，给施工环境造成一定的影响。当时担任工程监理的薛喜文听到反映，赶到现场，要求施工方先抽水再浇筑，但那个老外却嚷嚷说，如果抽水，就会耽误工期，这个责任谁来承担？薛喜文和老外打了几年交道，已经很有经验了，他早有准备，把合同带来了，指着合同对那位洋大人说："如果你们不抽，我就让别的施工方来抽，按合同，所需费用从你们这儿扣除！"那老外一见合同，如见圣经，在这些老外的心底里，除了圣经，最信奉的便是合同，这就是他们奉行的契约精神。薛喜文说完该说的话转身便走了，一句多余的话也没说，而这个外国施工队也在规定的时限内加班抽完了积水。

透过这个细节可以看出，中方人员在和这些老外发生碰撞的过程中，已经学会了国际惯例，也熟练地运用着国际惯例。在小浪底工程按照国际上通行规则的建设过程中，中国人也在文化、理念和思维上进行一种潜移默化的、和国际接轨的精神重建或再造。从一开始不知怎么与外国人打交道，到越来越善于与外国人打交道，越来越显示出了一副雍容大度的开放而自信的姿态，看世界的眼光和视角也发生了根本性的变化。通过这些老外，他们已经把目光放大到了整个世界，有了世界性的眼光。

说到小浪底与老外们打交道最多的人，无疑又是总设计工程师林秀山，他和这些老外自然也时常会发生碰撞，频频过招。但他谈得最多的还是那些老外的敬业精神。他们来小浪底的目的很明确，赚钱。他们赚钱的目的很明确，享受生活。为了赚钱，为了享受生活，为了履行合同，他们也会为此而倾注自己的心血与智慧，去完成一项项难度极大、充满了艰险的施工。黄河是世界上最复杂、最难治理的河流，要不，三门峡也不会出现那么多灾难性的问题。但小浪底特殊的水沙条件，变幻莫测的地质结构，施工难度之大，风险之高，无不超过了三门峡，也超过了黄河上所有的工程，堪称世界上最复杂的水利工程之一。而难度最大的一个工程，就是德国旭普林公司中标的小浪底泄洪工程。该工程第二标段的原项目经理维根（Wiegand)，一开始还不知道这块骨头有多么难啃，初来乍到，他便口出狂言："日耳曼是地球上最优秀的民族，从来没有难倒我们的工程！"

这样的狂言中国人不会说，美国人也不会说，日本人更不会说。当小浪底工程向世界招标时，美国人、日本人也想从中分得一杯羹，但美国人在了解工程的难度之后，放弃了。而比美国人更深谙黄河乖戾性情的日本人，几经踌躇，最终也知难而退。最后投标中标的大多是欧洲人。其实，这也正中中国业主的下怀。在水利水电工程方面，无论技术，经验，还是设备、人才、资本，欧洲一直走在世界前列，而德国更是世界一流。也难怪维根会口出狂言，他的狂妄是有足够底气的。然而，这位傲慢的、底气十足的日耳曼人，却在中国小浪底遭遇了他平生最难啃的一块硬骨头，很快就和他优秀的施工团队卡在黄河北岸太行山的岩缝里了。但再硬的骨头日耳曼人也从不轻言放弃，维根却成了一枚弃子。由于他一直无法推动工程的进展，没干多久便被德国旭普林公司总部免职，一个叫克劳泽的项目经理，从一脸沮丧、满手岩土的维根手里接下了这块最难啃的骨头。

在小浪底工程竣工十余年后，我走近了当年的施工现场。德国人当年施工的山体，如今早已面目全非。如果不是开工之前拍下的老照片留下了历史证据，对那座山，现在可能谁也无法指认。昔日的山体已被人类齐崭崭地劈去了一半，目光所及，是一道笔陡绝壁，在阳光的照射下寂静得可怕。就在这绝壁上，人类钻出了16个幽深的坑洞，又在山体里边打通了108条纵横交错的洞子，其中三条导流洞的三个中闸室，每个室高52米，能装入三座十八层大楼——这就是人类为黄河重新设置的命门。当大坝截流后，黄河水就从这道命门奔向下游。如果你想打听德国人当年在小浪底干了什么，这便是他们干出来的。看起来很难，干起来更难。听说，德国工程队越往里挖，地质结构越复杂，变幻莫测。当人类钻进大山的心脏里才发现，同是一座山，却有着迥然不同的地质结构，大自然的差异远远大于人类的差异。同大自然内部的秘密相比，小浪底设计院为他们提供的地质勘探资料只是一种表象，这是情有可原的，哪怕人类最先进的勘探技术和尖端仪器，也无法洞悉大自然内部暗藏的玄机。而一旦人类触动了某个暗设机关，可怕的灾难便发生了，一大片开山体顷刻间便坍塌下来。尽管经验丰富的德国人对各种灾难早有预料和准备，没有造成重大的人身伤亡事故，却不得不一次次重复施工，这又像神话中那个可怜的西西弗斯。神判处西西弗斯把一块巨石不断地推上山顶，石头因自身的重量又从山顶滚落下来，西西弗斯又得再把它推上山顶。而德国人不想扮演可怜而徒劳的西西弗斯，他们找到了一个向业主方提出修改合同的借口：鉴于实际地质情况与设计不符，一是必须延长工期，延长期限根据实际施工环境确定；二是由于工程量增大，施工费用必须随之增加。实话实说，这又不是借口而是实情，如果按原设计方案施工，一是根本无法干，二是无法按规定工期完成。

遇到难题的又岂止是德国人，林秀山老人说："所有水电工程遇到的地质难题，几乎都在小浪底遇到了。"

除了德国人，当时很多外国公司也开始同业主方扯皮，纷纷要求修改合同，推迟工期。如果答应他们的要求，整个工期可能要延误一年左右。就在这样的背景下，小浪底的中方施工人员说出了这样一句话："在外国人面前，我们是中国人；在中国人面前，我们是小浪底人。"

小浪底人很少说出什么豪言壮语，这也不是什么豪言壮语，却是一句充满了民族自豪感的话。而在这句话的后面，还有这样的承诺："即日起，谨向世界宣布，中国水利人有在世界上任何一条河流上将任何一座水工建筑物如期完工的能力。"没有感叹号，只有句号。而为了一个句号，为了一次圆满的完成，小浪底的中国水利人，既像外国人一样讲合同，还有一种超越了合同的精神，那就是老外们不愿跟你讲的吃苦啊、奉献哪、精神啥的，这不是世界通行的规则，不是普世价值，却是中国精神。

很多小浪底人都跟我提到了这样一个名字，刘蜀晋——乍一听，这是一个男人的名字，其实是一个女人。哪怕穿着没有颜色的工装，头上扣着一顶火红色的安全帽，露出的也是一个女人的本色，白皙的脸庞和清秀的眉眼，走到哪里也是个女人。但那双手却没有性别，一看那手腕和骨节，就有那么一股子劲儿，那显然是一股不同于庸常女子的力量。她和我同岁，1962 年出生，兰州铁道学院毕业，一出大学校门，就走进了中国水利水电第三工程局。那是中国水利水电建设的主力军之一，先后在国内外承建和参建了黄河小浪底、长江三峡和南水北调中线等世界级特大型水利水电工程。1996 年，三十多岁的刘蜀晋已经是三局的骨干了，在小浪底工地担任三号导流洞施工队队长，这是小浪底的关键工程之一。来之前，她把年幼的女儿小雯雯送到四川外婆家，丈夫曹卫国则奔赴了长江三峡工地。一家三口，分居三地，一对当时还很年轻的夫妻，每年只能见一次面，甚至连一面也见不上。而那些老外们，也有拖家带口来小浪底的，住的是别墅式洋房，还有专门为他们的孩子盖的国际幼儿园和学校。这是他们来这里施工事先就已讲好的条件，一笔一画地写在了合同里。而中方施工人员却是无条件地招之即来，来之能战。在那些老外眼里这简直不可思议，中国人怎么会这样呢？刘蜀晋来到工地之前就有病在身，没日没夜的劳累又让她病情加剧，去医院里看了，必须马上动手术，丈夫曹卫国这才请假赶到小浪底，来照料一年半未见面的妻子。但此时正值小浪底截流的节骨眼上，一个工地拖了后腿，就会拖累整个工期。为确保小浪底按时截流，刘蜀晋只能咬着牙，干完了施工任务后再做手术。她强忍着病痛，每天爬上几十米高的隧洞顶施工，呛人的粉尘，震荡的噪声，她早已习惯了，甚至连病痛也慢慢习惯了，就这样，一干就是七八个小时。一滴又一滴的汗水，从安全帽下湿透了的头发里流出来，她没看见，但丈夫看见了，丈夫的一双眼也湿透了，红着眼眶埋怨她："你不要命了！"她却咯咯咯地笑起来。这是她的性格，她天生就爱笑，不管多苦多累，她都会付之一笑，天大的事一笑就过去了。

黄河小浪底工程按时截流时，长江三峡工程也开工了，开工时浇筑的第一方混凝土，就是曹卫国所在的南坪村砂石系统经理部提供的。身在黄河的妻子，想着远在长江的丈夫；身在长江的丈夫，也想着远在黄河的妻子。两条一同出发却从未交叉的大河，却因一对平凡的人间夫妻而有了倾诉与呼应。事实上，刘蜀晋也并非我想象中的那种铁姑娘的形象，她就是一个活得很真实的女人，没有豪言壮语，只是感到特别幸运，她说："并不是每个人都像我们这样幸运，咱们国家最大的两项水利工程都让我们俩赶上了。"

而他们远在四川的女儿小雯雯，时常会对她的小同学们小小地吹嘘一下："我爸爸、妈妈最棒了，一个在三峡，一个在小浪底。"

这个故事也许太一般了，太平凡了，这就是中国式奉献，中国精神。老外们自有老外们的享受，这是契约赋予他们的权利。中国人自有中国人的快乐，那是奉献带来的成就感和幸福感，苦难的历程变成了幸运的机会。中国人可以很快就学会那些国际惯例，而那些各种肤色的老外们，很可能一辈子也难以学会中国式奉献和中国精神，他们压根儿就不想学。但眼看着中国人对工程顽强地推进，对一个又一个难关的攻克，这让他们理直气壮的借口变得那么不理直气壮了，他们也只能硬着头皮、咬牙切齿地跟着中国人一起推进，这让他们有些被动，还有些委屈。

一切都是过程。一切汗水在水中，泪水也在水中。而人类的记忆难以经受住时间长河的冲刷与淘洗，那 11 年湿透了的日子里，如今大多已处于遗忘的状态，多少往事，恍如在岁月的虚无中浮动。但有一个日子小浪底人是不会忘怀的。1997 年 10 月 28 日，随着最后一车石块被人类抛进黄河，一条充满了野性的大河也在最后的咆哮声中归于宁静。在沉默与寂静中，只有人类的声音在天地之间回荡，黄河小浪底工程截流成功了！

从截流成功到 2001 年 12 月 27 日第六台机组正式投产，人类又在这个绝地上鏖战了四个多年头，小浪底主体工程才全部竣工。从开工到竣工，人类用了 11 年时间，在世界上最复杂的河流上，建造了世界上最复杂的水利工程之一。它拥有由十座目前世界上最大、最集中、最复杂的进水塔组成的进水口系统，由三条明流洞、三条消能泄洪洞、三条排沙洞和一座正常溢洪道组成的出水口系统，由三个集中布置的消力塘组成的目前世界上最大的出水口建筑物，共同构成一个严密的泄洪排沙体系，各司其职，又紧密协作。而最瞩目的存在，是一座斜心墙堆石坝将黄河拦腰截断，设计最大坝高 154 米，被誉为九曲黄河第一坝。我却一直没有求得正解，它既不在黄河之首，也不在黄河之尾，顺过来，倒过去，显然都不是一个时空上的概念。那么，是因为它工程量的宏大？还是它在人类水利意义上的伟大？

人类的创造力，也是在前所未有的、几近绝望的困境中不断激发的。从 1994 年开始，林秀山主持施工详图设计，在 400 余项科学试验和反复论证的基础上，许多在三门峡出现过或没有出现过的问题，如进口处的泥沙淤堵、高速含沙水流、洞室群围岩稳定、坝基深覆盖处理、多沙河流汛期发电、进出口高边坡处理等，这一系列充满了挑战性的技术难题，他们都一个个攻克了。对这样一座水利枢纽，一个庞大的系统工程，还有那些复杂而深奥的工程技术问题，要描述出来非常难，也非常枯燥，我只能以更简明的方式，说出小浪底工程创造了多项中国第一和世界之最——

它建造了世界水利工程上最大最复杂的进水塔：塔上集中布置了 16 条隧洞的 50 个进水口、55 个闸门、36 个拦污栅和 26 个启闭机室，其工程规模、复杂结构和施工难度均堪称世界之最；

它开创了世界水利工程中最大的孔板泄洪洞：导流洞导流任务完成后，增设三级孔板环改建为永久泄洪洞，堪称空前；

小浪底的水轮机设计、制造和抗磨防护技术代表了当今世界最先进水平；

小浪底地下发电厂房是世界上在砂页岩泥化夹层的不良地质条件下开凿的最大水电站地下厂房；

小浪底大坝混凝土防渗墙是国内最深的混凝土防渗墙……

小浪底是怎样创造这些中国第一和世界之最的？每一项都可以写成一本书，这里，我只能采用最简单的方式说出其工程量之大：如果将整个工程开挖的土石方总量堆成一米见方的土石堤，能绕地球两圈半。

小浪底工程竣工时，林秀山先生已 62 岁，如果加上开工之前的八年规划设计，他已为小浪底奉献了20多年岁月。20年一代人，林秀山付出的是他一生最宝贵也最成熟的壮年岁月，至此，他终于可以卸下肩上难以承受的重担，也该退休了。但62岁的林秀山一点也不觉得自己老，哪怕到了73岁，他也不觉得自己老，还在国内外的水利工地上奔波忙碌。看上去，除了一头白发似雪，林老还真是没有一点老态，一张脸在阳光的映照下闪烁着健康的光泽，腰杆也依然挺得笔直。他每天都坚持骑自行车上下班，闲下来了就打打乒乓球。说到打乒乓球，他有些得意，很多年轻人也打不过他。有个年轻人输了还有些不服气，开玩笑说："现在我打不过林老，再过十年，等林老走不动了，我再和他打！"

林老却充满自信地一笑："再过十年你也别想赢我！"

从这个老人身上，我看到了小浪底人的又一种精神，自信，刚健，底气十足，从来不在乎任何挑战。而我也越来越觉得林老是一个平凡的人，一个甘于平凡的人，他既不是两院院士，也不是什么"泰斗"，看上去就是一个普普通通的退休老人，但一个人只要干出了一个好工程，比任何帽子头衔都强。小浪底为新中国提供了一个水利工程的标本，甚至可以说开创了共和国治水的又一个时代。这是一个平凡的人和成千上万平凡的人共同缔造开创的一个伟大的工程，用刘蜀晋的话说，太伟大了。

历史已经验证，小浪底不是三门峡，从当年人山人海、肩挑手挖的三门峡，到小浪底采用世行贷款、国际招标，采用大型现代化、机械化军团作战，一部共和国的水利史，从一页翻开另一页，翻天覆地。

小浪底不但是黄河中下游的一道分水岭，也是共和国水利史上的一道分水岭。

三、不只是完美的假定

百闻不如一见。登上大坝，朝波光潋滟的深处看，很想看看黄河是什么样子，但那九曲黄河已经看不见了。如果不是一个小浪底人指给我看，我真是不敢相信，在一道大坝的背后，一片杨柳掩映下的那一湾宁静的、平缓的狭长水泊，就是当年浊浪翻涌的黄河。这是黄河最年轻的故道，那浑黄色的岩壁，有一种被历史撇开了的孤寂，在渐近黄昏的阳光中，如同岁月发黄的底片。这是黄河留下的证据，黄河两岸的岩壁也是这种褐黄色的。我不再东张西望，不再怀疑。

朝大坝的另一个方向看，浑浊的黄河变成了一碧万顷的大湖。万籁俱寂，静极了。从黄河上游一路走来，我不知看了多少个这样的湖，我知道这是人工湖，但每看到这样一个湖，一般阳光，一般水光，如同微醺中路过的仙人之境，让我忘了这是一个水库，但那清清凌凌的水，又会让我蒙眬的两眼逐渐明白起来。水很幽静，但水汽充盈，在热辣辣的阳光下，一下就感到了水的清凉。对于一个在风尘中长途跋涉的旅人，突然看到这么多水，眼睛里也能汪出水来。这是我的天性，也是一切生命的天性，生命与水，永远都是这样亲密。在这清风碧水间边走边看，不知不觉已走出了老远，忽然发现大坝下游河岸边的山林中，掩映着一幢幢红白相间的别墅，开始没有发现，走得很近了才看见。心想，这些依山傍水的人可真是享福了，转而一想，又不免替他们担心，这些房子建得离水也太近了，看那地势，有的房子离黄河水位线还不到 10 米，莫不是违章建筑吧？到了汛期，一旦涨水，这些别墅会不会淹没？

一个房主冲我笑了笑，“涨水？涨什么水，再大的水也有大坝挡着呢。”

看那样子，他有十足的把握。而他说的还真是实情，有了这样一座拦河大坝挡着，人类还真是可以高枕无忧了。

一座水利枢纽，从当年的蓝图变成眼前的现实，它的核心意图没有变，其重大功能的排序没有变，以防洪、防凌、减淤为主，兼顾供水、灌溉和供电。但我深知，一个工程建得再好，还要看人类怎么来运用它。我在小浪底采访时，带我参观、给我讲解的是小浪底水力发电厂厂长张建生，一个四十左右的瘦高个汉子。假如时光倒流十几年，他还是一个刚分派到小浪底建管局的研究生。在小浪底竣工并投入使用的第二年，他还很年轻，被命名为河南省青年岗位能手。如今看上去他也不年轻了，却有了一种成熟的干练、骨子里的刚健。这其实也是小浪底超越工程本身的意义之一，它以不同于既往的方式造就了共和国的又一代水利人。

小浪底既是直属水利部的国家工程，也是一个世行贷款工程，而其最直接的经济效益就是发电，发电厂是其偿本还息的关键所在。小浪底发电厂是当今世界上在复杂地质上开挖的最大的地下厂房，深藏在左岸山体之中，若要深入其间一窥究竟，必须穿过一道道武警守卫、门禁森严的大门。哪怕厂长亲自进出，也必须出示证件或特别通行证，否则谁也不敢越雷池半步，那些武警战士只认证件不认人。在小浪底管理局的特别关照下，我有幸进入了地下厂房，这也是小浪底工程最神秘的部位之一。我目测了一下，主厂房的顶拱至少有二十层楼高，而顶拱和边墙大部分位于岩性坚硬、块度大、整体稳定性较好的岩层中。想想也知道，当年在这里施工有多么艰难，而张厂长只用一句“不容易”就淡定地回答了我。他指着正在运转的发电机组说，小浪底共安装六台单机容量为 30 万千瓦的水轮发电机组，总装机容量 180 万千瓦，为国家级一流电厂。而发电也不仅仅是为了经济效益，2003 年 12 月份，由于电煤紧缺，火力发电量大减，很多省市出现了电荒。小浪底这六台水轮发电机组没日没夜地运转，满负荷发电，极大地缓解了河南电网的调峰压力。这么说吧，河南省每用六度电，就有一度来自这里。如今，随着小浪底配套工程西霞院水利枢纽竣工并投入使用，小浪底电厂更能发挥调峰作用了。

西霞院我已去看过了，心里一直有个疑团，为什么在建起了小浪底枢纽之后，在小浪底坝址下游 16 公里处的黄河干流上又建了一座西霞院反调节水库？听了张厂长的一番解释，我才恍然大悟。西霞院的主要功能，就是通过对小浪底水电站调峰发电的不稳定流进行再调节，当小浪底发电流量较大时，西霞院水库按反调节流量要求发电，多余水量存于库中，或根据需要调峰发电；当小浪底水电站停机时，利用库中存水按反调节水量下泄，满足黄河下游河段的工农业用水要求，达到资源的充分利用。尤为重要的是，这样的反调节还可以使下泄水流均匀稳定，减少下游河床的摆动，减轻对下游堤防的冲刷，还可以作为南水北调中线工程备用水源。其实，很多大型水利工程都有反调节工程，比如三峡水利工程配套的反调节工程是葛洲坝。触类旁通，听了张厂长的一番讲解，我也明白了很多大型水利枢纽为什么要建反调节水库的道理。譬如说三峡水利工程，只是在建设过程中把顺序颠倒了，先建葛洲坝，然后才建三峡。

小浪底工程是治理黄河的关键性工程，任何一个工程都不能不考虑经济效益。但身为发电厂厂长的张建生，给我讲得最多的还不是发电，它首先必须保证其主要功能——防洪、防凌和减淤，才能兼顾供水、灌溉和供电。发电是放在最末尾的，电调服从水调，这是小浪底把社会利益放在首位的原则，而首中之首，又是防洪。尽管在小浪底工程之前，黄河上中游已修建了一系列水利枢纽工程，也都是集防洪、供水、灌溉和发电等综合利用的工程。像龙羊峡、刘家峡、青铜峡等枢纽工程，都是直属国家电力部门管辖的。只有三门峡是直属黄委管辖的，也是把防洪摆在首位的，但它却让人类深深失望了。随着小浪底枢纽建成并投入使用，一个未竟的重任就从三门峡转移到了小浪底。也难怪很多人把小浪底看成三门峡的擦屁股工程，防洪就是三门峡丢过来的一个皮球，甚至是对三门峡“后事”的一个交代。这样说未免太刻薄，却是实话实说。防洪是小浪底责无旁贷的第一重任，作为黄河中游和下游的一座命门，一个总阀门或总开关，在中上游拦蓄多少水，向下游放多少水，都在它的掌控和调度之中。小浪底只能根据黄委的水量调度指标和指令，安排机组发电计划。小浪底的发电最低水位 205 米，但遇到干旱年景，为避免黄河断流，小浪底又必须把为下游补水放在了最重要的位置。在 2000 年、2001 年黄河下游面临断流之际，小浪底连续两年停止发电，把水位降到最低发电水位以下，向下游放水。小浪底水库被很多人形象地比喻为一个安放在黄河中下游分水岭上的大水盆，这个总库容为 126.5 亿立方米的大水盆，可以把下泄洪水控制在下游堤防防御标准之内。黄河下游是历史上遭受“黄灾”最严重的流域，更确切地说，其灾难性的原因在中上游，灾难性的后果却发生在下游。这让我又想起了那场人类严阵以待的灾难——一场 4 万立方米每秒的大洪水，这场一直没有降临的灾难，或已迫在眉睫，随时都可能发生，或许还将等待千年。小浪底能够化解这样一场巨大的灾难吗？小浪底人给我的回答是一个字，能！这就意味着，小浪底一下就把黄河下游的防洪标准由六十年一遇提高到千年一遇。

我是一个天生的怀疑主义者，人类真有这样十足的把握或胜算吗？至少，人类一直在防范、一直没有降临的千年一遇的大洪水降临之前，这还只是一种理论上的预测，或者说是一种完美的假定。但这些人类的设计，又不只是完美的假定，小浪底的第二大功能——防凌，就是一个用十多年的时间验证了的事实。

黄河一年四汛，桃花汛，伏汛，秋汛，凌汛。自 1946 年人民治黄以来，数千年来“三年两决口、百年一改道”的黄河，经历了一个多甲子的岁月，伏秋大汛没有发生过决口，这是骄人的成绩，但也不敢说是岁岁安澜。除了伏秋大汛，黄河还有更凶险莫测的凌汛。黄河上中游的宁夏、内蒙古河段，黄河下游的山东河段，这上下两段河流都是从低纬度流向高纬度地区，纬度决定温差，温差又决定时间差。每年开春，黄河开河，“二月河开凌解放”，气温先从低纬度河段回暖，冰凌下的水一鼓，把冰块鼓开了，当低纬度河段未封冻的或提前冰消雪化的河水流向高纬度河段时，那里还处于封冻状态，上游来水和下游冰冻水狭路相逢，一路发生激烈的碰撞，融冰水加槽蓄水挟带着大量破裂冰块，轰轰烈烈地向下游推进。而冰下则是暗流汹涌的水流，也带着冰块向下游流动，沿途水鼓冰，冰阻水，节节卡冰结坝，形成越来越大的凌洪和冰排——黄河两岸的老乡把凌洪直接叫冰排。由于冰排的挤压、堵塞，又因过水断面大部分被冰凌堵塞，汹涌而下的河水一下没有了出路，河道里铺天盖地地漂满了浮冰，在一两天内就可堆积起长达数公里长的冰坝，致使下游水位猛涨，而涨在最上面的又是极具杀伤力和摧毁性的冰块。那锋利无比的冰块，遇到了树，可以把碗口粗的大树齐崭崭地切掉；遇到了人，就跟切豆腐似的，极易造成漫滩和堤防决口。在同等流量下，凌峰水位比伏汛水位高得多，对凌汛的预测、防守、抢险的难度都要大大超过伏秋洪汛。“伏汛好抢，凌汛难防”，防不胜防，又猝不及防。在人民治黄的历史上，虽说从未发生过伏秋大汛决口，却已多次发生凌汛决口。对凌汛决口，一般是难以追责的，历史上便有“凌汛决口，河官无罪”之说，这也的确是人力不可抗拒的自然灾害。

但人类也不会束手待毙，在人类的设计意图里，小浪底不仅是黄河下游防洪的一道命门，也是黄河下游防凌的主要调控工程。到底如何调控呢？我向黄委防办副主任魏军请教。这位英俊帅气的河官，1974 年出生，是黄委最年轻的部门负责人，但说到黄河防凌，他却似历尽沧桑。他打开电脑，把一个个灾难的现场，一下推到了我这个远离凌汛的南方人眼前：1951 年 2 月，黄河最下游的利津王庄决口，而在同一个地方，四年之后再次发生决口。这些历史老照片有些阴暗模糊，却依然触目惊心，这都是在人民治黄的历史上发生的决口。而在此前，黄河下游凌汛更是以决口频繁、危害严重、难以防治而闻名。据历史上不完全统计，自光绪九年（1883 年）至 1936 年，半个多世纪里就有 21 年发生过凌汛决口，五年两决口。而我的追问，还只是发生在黄河下游的灾难，灾难更深重的还是黄河中上游的宁蒙河段，由于那已偏离了我此刻关注的主题，暂且按下不说。在人民治黄的历史上，尽管战胜了多次严重凌汛，扭转了历史上五年两决口的险恶局面，但黄河下游防凌的形势却难以得到根本性的扭转。而小浪底水利枢纽，让人类有了从根本上扭转的可能。从小浪底开始运转以来，每年凌汛期来临之前，都会制定出周密的防凌预案，密切关注气温和凌情变化，并按照黄河防总调度指令，双管齐下。一方面强化对枢纽原型观测和库区滑坡体的监测，保证有足够的防凌蓄水库容。一方面随时采取调控措施，对上游来水采取出入库均衡运用，对下游河道流量进行调节。这个效果怎么样？魏军说出了一个答案，如果把小浪底的运用作为一个历史的开端，十余年来，黄河下游迄今尚未发生大的凌汛险情。

那么，是否可以这样说，在小浪底以下，基本解除了凌洪的威胁？

魏军微微一笑。在他微笑的背后，我看见了一张床。其实从我走进他的办公室第一眼就看见了，一看就知道，每到汛期，无论伏秋大汛还是凌汛，他就要夜以继日地守候在这间防办的办公室里了。而柜子里的雨衣、雨靴，已经把我想问的问题作了一览无余的回答，这是一个随时都准备奔赴灾难现场的身影……

四、一个令人发疯的科学神话

接下来我要讲述的绝对是一个传奇，甚至是一个令人发疯的科学神话。

一条黄河，举世公认，是世界上最复杂难治的河流，全球所有河流存在的问题在黄河上都能够寻到踪迹。黄河的泥沙、悬河、断流以及生态危机均堪称世界之最，但再复杂的问题说出来其实也就是一个症结——泥沙。

我已经不止一次重复过，黄河最致命的问题，不是水，而是沙。黄河水灾其实不是水灾，而是沙灾。三门峡致命的问题就是没有解决好泥沙淤积，从一个水利工程变成了一个灾难性的工程。黄河是世界上含沙量最大的河流，径流量为 535 亿立方米，里面却裹挟着 16 亿吨泥沙，其中 4 亿吨泥沙会在水库和下游河道中沉积下来。这是黄委防办副主任魏军告诉我的数字，但我听了仍一脸茫然。估计很多普通人也和我一样，很难通过抽象的数字了解黄河的泥沙淤积到了怎样的程度。魏军又换了一种更形象的说法：如果把黄河一年的泥沙堆成一道 1 米宽、1 米高的土墙，可以绕地球 27 圈。

这下我听明白了，在豁然大悟的一瞬间，我下意识地啊了一声。

然而，一条悬河最致命的悬念还不在这里。谁都知道黄河是一条泥沙俱下的沙河，黄河居高不下的含沙量创造了黄河下游居高不下、越淤越高的河床。但人们不一定知道，黄河另一个致命的问题，还不是水少沙多，而是水沙不平衡。黄河也并非一条泥沙俱下的河流，而是一条水刷沙沉的河流，河水冲刷中上游的黄土高原沟壑，在产生大量泥沙后，又一直无法把泥沙输送到大海里，随着泥沙在下游河道淤积，河床势必逐年抬高，由此而成为一个巨大的悬念。若用更宽广的视野看，泥沙的淤积也不是灾，而是一条母亲河对炎黄子孙的慷慨厚赠。从辽阔的中原沃土到广袤无垠的华北平原，还有在渤海湾不断长大的黄河三角洲，都是黄河冲刷而下的泥沙铺垫起来的沃土。从大自然视角看，所有的江河水系都是自然存在、自然流淌，漫漶，决口，改道，是黄河天赋的自然权利。大自然就是大自然，若没有人类，若大自然真是一个自然王国和自由王国，这又未尝不是大自然创造的一种辽阔境界。所谓水利，只因有了人类。大自然和人类从来没有交易，没有契约，不可能与人类达成人类单方面愿景中的默契。但生为人类，又不能从人类自身的利益去考虑，趋利避害对人类来说是必然的选择，水利从来都是站在人类立场上，以人类利益为中心的。为了生存，为了活命，人类只能改变它的天性，约束它的天性，让它按人类的法则去流淌，而最简单的方式就是筑起堤防来捍卫自己的利益，但你越是约束，它越是桀骜不驯、肆虐难羁。从黄河堤防来看，由于黄河中上游基本上处于峡谷地带，也就用不着去筑堤、防洪，峡谷就是天然的防洪堤。黄河防洪的重点在下游，河床的淤积也在下游。随着河床日复一日地长高，人类只有不断地加高两岸堤防，魔高一尺，道高一丈。洪水被人类称为洪魔，还真是像魔鬼一样神出鬼没，总能找到你的软肋，一下就把堤防撕开了。数千年来，黄河一次次决口、改道，人间一次次洪水滔天，一条大河的历史就是一部灾难史，史不绝书。在一次次交织着人类本能、自然野性的挣扎、沉沦与轮回的乱战中，生活在黄河下游流域的亿万苍生比别处的人类更有切肤之痛。

话说回来，人民治黄六十年，伏秋大汛无决口。六十多年，对于人类的生命很长，对于一条大河很短，谁也不敢保证黄河从此不决口、不改道。若更冷静、理性地分析，这骄人的成就又是在极高的代价上堆起来的。

六十年来，黄河下游河床依然在不断淤高，每年抬高 10 厘米。当魏军告诉我这个数字时，我笑了笑。10 厘米？这算啥呢？乍一听，还真是微不足道。仔细一想，又真是吓了一跳，一年 10 厘米，十年就是 1 米，人民治黄六十多年，河床抬高了六米多，差不多比原来的河床又高出两层楼了！而人类依然难以从根子上去解决泥沙淤积问题，依然只能采取那种愚公移山的方式，以不屈不挠、矢志不移的意志筑堤防洪。黄河大堤历经四次加高培厚，其速度、规模和投入的人力物力前所未有。当我站在这越筑越高的黄河大堤上，想象着未来的一条悬河，一百年后，一千年后，越想越恐怖。如果河床以这样的速度一直抬升，千年之后的黄河将在眼下这条悬河的基础上再高悬 100 米，人类筑起的堤坝还要增高三十多层楼高。这绝非天方夜谭，对未来的预测，可以用以前的历史来验证：在古城开封的地底下已经埋葬了七座皇城。“邙山坟摞坟，开封城摞城”，这是黄河创造的绝世风景。

一个伟人曾经发问：黄河涨到天上去怎么办？

这是天问，难道人类也把大堤修到天上去？果真如此，那也只是人定胜天的妄想了。若不如此，又有什么对策呢？为了减轻泥沙对下游河道的致命影响，为了让一条悬河不再成为一个更大的悬念，古往今来，多少最聪明、最有智慧的头脑绞尽脑汁，也由此产生了不同的治河思想和治河体系。

明代治河专家潘季驯提出“以堤束水，以水攻沙”的治河策略，简称“束水攻沙”。这一策略主要是通过缩窄河道横断面，以增大流速、提高水流挟沙能力和对河槽的冲刷力，利用河流动力从水平方向将泥沙输送入海。按说，这还真是顺其自然又因势利导的上策，但人算不如天算，人类自以为有胜算的定数，黄河却有无尽的变数。“束水攻沙”虽然充分调动了水流的挟沙能力，但没有坚固的堤防和对河道的综合整治，不仅不能攻沙，反而攻击了堤防，让不堪压力的脆弱堤防一次次溃决，一个想当然的上策变成了灾难性的失策，“束水攻沙”又一次让人类束手无策。

既然此路不通，又有人提出一个与之相反的策略——“宽河固堤”。新中国成立后，即把这一由来已久的策略明确作为治黄方略，主张两岸堤防要远离主槽，保持较大的堤距，让洪水漫滩，为泥沙的淤积留足空间。摸脑袋想想，这也不失治河的又一上策。然而，单一的“宽河固堤”又忽视了河道的纵向输沙能力，潘季驯最担心的事情发生了，人类原本想给大河留下足够的活动空间，客观上却沦为了听任大河游荡摆动，致使横河、斜河、滚河频繁发生。一旦河流改变了奔向大海的方向，两岸堤防又首当其冲，危机四伏。眼看着宽也不成，窄也不成，王化云在1952年又提出"蓄水拦沙"之策，即通过水土保持和大量修筑干支流水库，把泥沙和洪水拦截在高原上、沟壑中和水库里。这也是人类在经历了一次次失策之后想出来的又一个上策。然而，随着三门峡水库发生的严重淤积和回水倒灌，有人甚至把他比喻为那个以堵为主、治水失败的千古罪人——鲧，至少从形式上看，"蓄水拦沙"之策确乎是在重复鲧的古老悲剧。沉痛的教训促使决策者再次进行战略调整，于是又提出以"上拦下排、两岸分滞"来减轻洪水的压力，以"拦、排、放、调、挖"来解决泥沙淤积。而上拦需要足够的库容，这让黄河中上游的水库越修越多，从龙羊峡到小浪底，黄河被一道道大坝拦腰截断，一条黄河变成了数十个水库；而下排则需要足够的河流动力，但在"束水攻沙"之策失效后，人类一直难以为黄河找到足以将每年产生的十几亿吨泥沙安全地输送到大海的动力。只能采取非常被动的方式，一方面对堤防不断加高培厚，力保大堤不倒；

一方面采取挖深河道的办法，那就真是愚公移山的办法了。愚公有仙人襄助，但人类没有，防汛的压力越来越大，越来越被动。每到汛期，人类就必须摆出跟洪水势不两立、决一死战的态势。哪怕没有洪水，哪怕黄河断流了，人类也要像军事演习一样，在每年汛期来临之前进行演练，随时做好防大汛、抗大洪的准备。一旦洪水来袭，这巍巍乎的大堤就会危危乎，稍有闪失，功亏一篑。

这绝非人类杞人忧天，只要简单地进行一下历史比较，就知道黄河下游防洪的严峻程度：20 世纪 50 年代，黄河下游河槽的行洪能力为 8000 立方米每秒。到了世纪末，已经大大萎缩，一个经常被引用的例子，黄河下游最糟糕的高村河段甚至连 1800 立方米每秒的流量就会发生洪水漫滩。对黄河下游严重的泥沙淤积，很多人都一咕噜推到了三门峡，三门峡几乎成了黄河所有灾难的替罪羊，这也让三门峡人一直很委屈。若要实话实说，从三门峡以上的龙羊峡、刘家峡、青铜峡，人类每建造一座水库，都会改变黄河的水沙平衡，都要为下游贡献数以万吨计的泥沙。自 20 世纪 70 年代中期以来，由于黄河下游河道主槽淤积，河道萎缩的形势越来越严峻，大面积出现“二级悬河”。黄河原本就是一条悬河，在“二级悬河”出现后，下游河槽的平滩水位普遍比临河的河滩高出半米到四五米，一条悬河悬之又悬，这在黄河历史上是从未有过的。用时任黄河水利委员会主任、现任水利部副部长李国英的话说，河道形态已恶化到历史上最不利的状态。

一个最明显的灾难性标志，就是我在采访时听得最多的一个词：小水大灾。

一个灾难性的事实，2003 年的黄河秋汛就在下游流域酿成了一场典型的“小水大灾”。按设防标准，这次“小水大灾”的重灾区河南兰考、山东东明等地的黄河段，可以抵御 2 万立方米每秒的洪水流量，而此次洪水在小浪底的调节之下,其流量仅有 2500 立方米每秒左右，为设计防洪标准的八分之一。这么小的水，竟然酿成了人民治黄六十多年历史上的一场洪水漫滩的大水灾，真是怪了。说起来又一点也不怪，打个连小孩子都懂的比方，从前的黄河能盛一盆水，如今已淤积得只能装一碗水，哪怕把盆底里浅浅的水倒进一只碗里，也会漫出来。怎么办？如果不从根本上解决淤积问题，一碗水还将变得更浅、更少。但该想的办法，人类几乎都想到了，每一条治黄之路，似乎都已经走到尽头。黄河积重难返的宿命和历史的使命，最终又落在了小浪底的身上。就在人类几乎被逼进山穷水尽的死角时，一个充满传奇的想法，或一个令人发疯的科学神话，随着小浪底水利枢纽的诞生应运而生。

黄河由西向东穿过小浪底库区，其间有18条较大支流汇入。如北岸的西阳河、逢石河、亳清河、西河和南岸的畛河、青河、北涧河等河流。多数分布在库中区和库前区，这些支流无一不是泥沙俱下。而小浪底除了预防可能发生的洪水，在设计时就把排沙减淤作为其主要功能之一，而减淤的直接答案还是为了防洪。由于小浪底工程正好处在黄河承上启下的关键部位，可以控制百分之百黄河输沙量。按设计方案，至少可以拦沙运用二十年，滞拦泥沙七八十亿吨，基本上能保证下游河床至少在二十年内不再淤积抬高。在为下游拦沙减淤的同时，人们不免又有些担心，小浪底会不会重蹈三门峡的覆辙，将泥沙淤塞在上游？这还真是不必担心，小浪底正常运用水位才275米高程，大大低于潼关高程，又在三门峡下游130多公里远的地方，其泥沙淤积对潼关以上河道基本没有影响，它淤塞的只是自己的库容，牺牲的是自己的生命（使用寿命）。这其实也是当年坚决反对修三门峡工程的黄万里先生提前看到了的，他对小浪底工程不反对，其主要原因就是小浪底对上游流域不会产生淤积。

对小浪底自身的淤积，一些专家已提前发出了警告：如果过于频繁运用小浪底水库拦蓄中小洪水和高含沙量洪水，会加速水库的淤废。事实上，这也是当年规划设计时就预料到了的。随着时间推移，小浪底库容会越淤越小，最终降到 51 亿立方米。这其实也是小浪底的宿命，它是一个堪称伟大的工程，却并非一个永恒的工程，它的使用寿命是有限的。小浪底的寿命，取决于泥沙淤积的程度和速度。为了尽可能延续自身的寿命，更为了从根本上化解黄河下游的泥沙淤积，小浪底采取的策略是一个字——调。

事实上，在国务院批复的《黄河流域近期重点治理规划》中，就已确立了一个五字方针：拦、排、放、调、挖，一个“调”字早已写在那里。这五字方针中，其他几个字都好理解，唯独这一个“调”字让人有些费解，甚至还有些神秘色彩。我在黄委的水利专家那里找到了正解，所谓“调”，就是调水调沙。前文说过，从自然规律看，黄河灾难性的根源是“水少沙多，水沙不平衡”

的特性决定的。一个让人类伤透了脑筋的症结，就是河流没有足够的动力将所有泥沙冲刷入海，这是数千年来人类一直难以解决的顽症，却并非绝症，只要找到一个合适的水沙平衡关系，黄河水流是完全有能力将泥沙输送入海的。为了找到这个水沙平衡的关系，多少治黄人年复一年地测验、计算，观察不同断面的变化情况，终于找到了在理论上可行的水沙关系，从而提出“调水调沙”这一划时代的治黄理念。从既定的技术路线看，调水调沙就是通过调控水库泄水，把淤积在黄河河道和水库中的泥沙尽量多地送入大海，冲刷河床，减缓泥沙的淤积。这一策略的核心意图是根据当年水情、雨情，借助自然的力量，统筹调度水库存水和上游来水，依靠大型水库的人工调节，对来水来沙进行调整和重组，塑造出合理的水沙比例和连续的泄流冲力，创造一种既能够冲刷下游河床泥沙、又在人类掌控之中的“人造洪水”，最终把泥沙安全地输送入海。

追溯起来，第一次提出调水调沙的并非中国人。早在 20 世纪 40 年代，美国学者萨凡奇 · 葛罗同在 1946 年治理黄河的初步报告中就提出，在利用水库控制洪水并发电的同时，如在坝底设排沙设施，每年放空排沙一次，可以减缓黄河下游的泥沙淤积。但这纯粹只是一种理想主义的空想。到了60年代，随着三门峡的泥沙淤积问题暴露无遗，又有人提出一个很具体的设想：在三门峡以下再造一座大型水库，对泥沙进行反调节。但当时，连这个水库该不该建也充满了争议，一个设想也只能是设想。进入70年代后期，随着人类对三门峡水库的运用实践有了更深刻的认识，一个设想变成了一系列设想：在黄河上修建一系列大型水库，实行统一调度，对水沙进行有效的控制和调节，变水沙不平衡为水沙相适应，更好地排洪、排沙入海，从而减轻下游河道的泥沙淤积，最终甚至可以达到不淤的效果。这可能吗?

这个可能随着小浪底的运用将被人类验证，而一切只能从实验开始。

说到这里，又必然会提到一个人——李国英。1964年出生的李国英，河南禹州人，禹州是治水英雄大禹的封国，也是一个水灾频繁的地方。在我对水利的书写中，一直很关注一个人的出生背景，一方水土养一方人，养育的不只是生命，还有性情，甚至会在潜移默化中决定一个人未来的人生方向。李国英毫无悬念地选择了水利。1984年，二十岁的李国英从华北水利水电学院水利水电工程建筑专业毕业，被分派到黄委勘测规划设计院。尽管工作有几次变迁，但黄河是他人生中的一条中轴线，他有二十多年的心血，倾注在这条世界上最复杂最难治理的河流上。2001 年 5 月，还不到四十岁的李国英被任命为黄河水利委员会主任，成为共和国历史上又一位任重道远的河官，挑起了治黄的大梁。说来，如今在中国水利战线上，挑大梁的大多是李国英这代 60 后的水利人了。这代人有一个共同的性格特点，他们从一个被否定的时代走来，经历了对那个时代的批判与反思，在治水方面也有了更理性更具现代性的理念与策略。

但无论你怎样理性，你的设想和策略无论怎样科学，都必须经过实践，实践是检验真理的唯一标准。但问题是，这不是通常在实验室里进行的模型实验，而是一次基于空间尺度的调水调沙实验，一次在上千公里甚至可能数千公里的黄河上进行的原型实验，这是一次史无前例的实验，也是人类在世界上最复杂、最危险的河流上进行的最复杂、最危险的实验，稍有闪失，就是一场巨大的灾难。在一条黄河上，人类经历了太多的实验，多少美妙的设想最终都在黄河的检验中功亏一篑、一败涂地。而这次实验所激起的争议，比小浪底当初建不建、到底该建在哪里的争议更激烈。在赞同者看来，这是人类从传统治黄向现代治黄转变的标志性技术；在我这样一个旁观者看来，这是一个充满了幻想色彩的传奇；而在更多人看来，这简直是一个令人发疯的科学神话。

争论的焦点，主要集中在两点上，一是担心人造洪峰后劲乏力，那些调出来的粗泥沙就会在演进中沉在中途，势必造成“冲河南，淤山东”的灾难性后果；二是在一个水资源奇缺的流域，把无比珍贵的水资源白白放进大海，值吗？对后一个问题，黄委会给予毋庸置疑的答案：第一，试验是在汛期举行的，参加实验的水量全部都超过了国家规定的汛限以上水位；第二，黄河下游河道已经恶化到了生死攸关的关头，为了遏制主河槽萎缩的趋势，必须增大其行洪能力，维持河流生命的本体存在，这是一个刻不容缓的神圣使命。对前一个问题，黄委却难以给予这样毋庸置疑的回答，既然是一次实验，谁又敢拍着胸脯保证百分之百的成功呢？连生死攸关的载人航天飞船在发射之前也没有人敢于做出百分之百的保证，从发射成功、在太空轨道上正常运转到最后安全着陆，你才能说是百分之百成功了。想想也知道，无论是作为黄河委员会主任，还是作为首次调水调沙实验的总指挥，李国英所承受的压力有多大，这是双重的职责，也是双重的压力。多少年后，回想起当时的情景，他还心有余悸地说，如果真有什么闪失，“我们就会成为罪人！”

然而，为了拯救一条濒于绝境的黄河，这又是一次别无选择的实验，只能上。

2002 年 7 月 4 日，又一个必将写进中国水利史和世界水利史的日子。此时距小浪底工程全面竣工还只有大半年，黄河第一次调水调沙实验在这天 9 时启动。随着总指挥李国英镇定地发出的一个一个指令，小浪底水利枢纽的 11 孔闸门依次徐徐开启，从不同层面泄流洞喷涌出超过 3000 立方米每秒流量的水头。白色和黄色的水流如同巨龙般喷涌而出，在阳光中呈现出两种反差强烈的颜色，这激情澎湃的巨浪，刹那间仿佛又将时间回放到了“风在吼，马在啸，黄河在咆哮”的岁月，一泻千里地向黄河下游宣泄。那苍老的、萎缩的、死气沉沉的黄河下游，在这人造洪水强大的冲击下激活了，它试探着恢复自己原始的野性，重新找回属于自己的那无与伦比的激情与力量，将淤塞在主河槽里的 6000 多万吨泥沙，一路浩浩荡荡地输送入海。当黄河入海口的水文监测数据在实时监控的荧屏上显示出来，李国英长吁了一口气，黄河第一次调水调沙实验成功了！

如果说第一次还只是小试牛刀，2003年的黄河第二次调水调沙实验则是大显神威。这是黄河流域水旱交替、跌宕起伏的一年，自8月下旬以来，一场被气象部门称为“华西秋雨”的强降雨覆盖了陕南、豫西至山东部分地区的狭长地带，黄河流域发生了近二十年来未曾有过的强降雨。黄河中下游干流及主要支流渭河、洛河、伊河、沁河、大汶河相继发生17次洪水，渭河出现了首尾相连的6次洪水过程，其他支流的来水量、洪水位也达到或接近有实测记录以来的最大值，各大干支流水库水位居高不下。这无疑是一场灾难，却给黄河第二次调水调沙实验创造了绝好的机遇，可以充分利用洪水演进的时间差和空间差，结合防洪需要，对三门峡、小浪底、陆浑和故县四大水库实施联合调度。随着一个一个指令发出，一扇扇闸门徐徐开启——

8月30日9时，故县水库开启大坝底孔泄洪，流量逐渐增加到1000立方米每秒；

8月31日7时，陆浑水库开始放水泄洪，黑石关水文站，伊洛河入黄口，奔涌的碧波与滚滚浊流狭路相逢，很快就难解难分地纠缠在一起。神奇的一幕出现了，清水自动背“沙袋”，成了大河减淤的搬运工，这是黄河干流水沙比例得到第一次调整，黄河水沙不平衡的千古难题，终于得以化解。3 小时以后，从太行山奔腾而下的沁河在武陟水文站、花园口水文站与人造洪水准确对接，一种冲而不淤的水沙关系形成了。

当上游洪水抵达黄河最后一个峡谷时，一座库容巨大、功能齐全的水利枢纽开始发挥总阀门的作用。9 月 6 日，小浪底排沙洞闸门按指令开启，对于黄河下游，这是如同命门的开启，人们又一次回到了首次实验的状态，那看似冷峻的眼神，也掩饰不了呼吸急促的颤抖。随着人造洪峰的又一次出现，一个精心塑造的洪水过程开始了，这洪水里包含了 2000 立方米每秒的流量，100 公斤每立方米的含沙量，还有 0.05 毫米以上的泥沙颗粒级配。这简直像是医生的配方一样，如果没有适当比例的清水补进，这股洪水里的大部分泥沙将淤积在下游河床上。而这个配方还真是神奇的灵验，实验的结果表明，通过四库联调，共拦蓄十多场洪水，多次成功削减了黄河下游洪峰，把花园口水文站可能形成的 5000 ~ 6000 立方米每秒的洪峰，削减至 2500 立方米每秒左右，大大减轻了黄河下游防洪压力。尽管黄河下游的兰考、东明发生了生产堤决口，但假如没有小浪底，在6000立方米每秒的洪水冲击下，黄河滩区将大面积漫滩，滩区近200万人民的生命财产安全就不是面临洪水威胁的问题，而是被洪水直接淹没……

我没有亲见那一场洪水，但在小浪底，我有幸看见了最大的黄河浪，这就是人类塑造的洪峰。其实，黄河泥沙也可以催生一种奇特的自然现象——揭河底。这是黄河上独有的一种泥沙运动规律，当高含沙的洪峰通过时，短期内河床遭受剧烈的冲刷，将河底的成块、成片的淤积物像地毯一样卷起，然后被水流冲散带走。这样强烈的冲刷，在几小时至几十小时内能将该段河床冲深几米至十几米。因为这一现象形成条件比较特殊，而被称为黄河百年奇观。黄河最近一次出现“揭河底”是在1977年7月初，黄河中游吴堡至龙门区间支流普降暴雨，洪水挟带大量泥沙汹涌而下，从而迸发了一次“揭河底”的力量。这次“揭河底”持续了半个多小时，伴随着汹涌的水声，先后掀起两块巨大的掀起物，如同被激流揭起来的河底。黄河调水调沙，不知道是否受到了“揭河底”这种自然现象的启发，但看上去比揭河底还要惊心动魄。

我极力掩饰着内心深处的阵阵震撼，却在人类这种超自然的创举中，难以压抑住癫狂与惊喜，这真是一个令人发疯的科学神话，我感到自己也快发疯了……

黄河调水调沙实验，还有第三次、第四次、第五次……

通过一次次调水调沙实验，这每一次实验都充满了悬念，每一次都创造着河流生命的奇迹。随着原型实验空间的不断扩大，从单库调度、四库联调，到数库接力调水，龙羊峡、刘家峡、万家寨、三门峡、小浪底、故县、陆浑——这些从上到下梯级分布的水库群，把黄河一段段截断了，也被黄河分割为了一个个孤岛。现在有了小浪底这个总开关和驱动器，人类通过这些水库和水利枢纽能量的重新组合，把这一系列水库、水利枢纽一气贯通地调动起来了，一条大河在人类的指尖下、掌心里再次贯通，畅通无阻，又预留、储存和分解了天然河流的巨大活力，从而调配出合适的水沙关系，塑造出理想的人造洪峰。一个令人发疯的科学神话，依然是神话，却不再令人发疯，让人备感神妙与神奇。这其实是人类水利与自然江河在高度默契之下共同创造的一种天人合一的境界，人类的设计不是违拗江河的自然天性，恰恰是遵循其自然规律，因势利导。小浪底工程非凡的成功，也改变了许多人对大坝的偏见和误解，甚至连那座很多人想要炸掉的三门峡大坝，不少人也改变了看法，因为有了小浪底，三门峡不再是休止符，而又重新焕发了生机，在配合小浪底调水调沙和防洪上，它也发挥了不可或缺的作用。

如今，调水调沙作为人类治黄的一项划时代的关键技术，从实验阶段转入常规运用。自小浪底工程运行以来，采取拦粗排细和人工塑造异重流的方式，按不同的水情运用了不同的调度模式。若有洪峰出现，则利用洪峰输沙；没有洪峰时，则利用人造洪峰冲刷下游河道，直至将泥沙冲入大海。说起来简单，操作起来却特别复杂。打个比方说，小浪底既是保证下游防洪的安全阀，又是保证黄河不断流的生命起搏器。在具体操作中，对于 400 立方米每秒以下的来水，利用枢纽调升到 400，这是保证发电和下游用水的生命线；对于 400 ~ 800 之间的来水则不作控制，放任自流；对 800 ~ 2000 之间的来水，调蓄成 800 以下放出，以避免河道上冲下淤；对 2000 ~ 8000 的来水又不作控制，以使下游全河道得以冲刷；对 8000 以上来水方进行滞洪调节。这个道理与张建生厂长讲到的调峰发电有相似之处，既达到了“大水大沙”的水沙平衡，实现冲沙减淤的目标，又能把小水期的淤积调蓄到大水期排放，最大限度地利用了洪水，把洪水转化为了宝贵的水资源。那么，效果到底怎么样呢？

前文说过，按设计规划，小浪底水库设定了二十年的蓄水拦沙时限，并预留淤沙库容 75.5 亿立方米。在运用二十年后，其主要作用将改为“蓄清排浑”，而减淤的接力棒则交给新建的水库。现在正在规划中或即将上马的黄河上游梯级工程还有黑山峡、碛口和古先等三座水利枢纽。如今，头十年已经过去了，截至 2010 年，小浪底库内已淤积了 28.33 亿立方米泥沙，损失了约五分之一的库容。如果按这样的淤积速度，小浪底蓄水、拦沙、减淤的生命力至少可以从二十年延续到三四十年，这是人类创造的第一个奇迹。而小浪底还创造了第二个更伟大的奇迹，人类运用小浪底这道黄河的命门，以人造洪水为黄河下游河床冲淤，经过十多年的冲刷之后，黄河下游河道恶化的趋势得以遏制，河床不但没有再抬高，反而正在逐年降低，下游河道普遍刷深 30 ～ 40 厘米。随着河道刷深，主河槽通过水流的能力比以前超过了一倍多，过流能力或行洪能力已由1800立方米每秒提高到3000立方米每秒。主河槽的畅通，河床的降低，也就意味着一条悬河对人类的威胁大幅度降低了。这是亘古以来人类治黄创造的最大的奇迹，最伟大的成果。

伟大！我只能用这个词来再次表达我的惊叹，太伟大了。

有人说，这哪里是调水调沙，这是为我们的母亲河换血。黄河既是中华民族的命脉，也是一条有生命的大河。由于泥沙的淤积，由于人类无穷无尽的索取，在黄河的血管里已经淤塞了许多生命之外的东西，而生命的污垢只有用血液来冲洗。人类通过调水调沙，一方面为这条生命功能严重退化的母亲河大换血，一方面为它降血脂、除污垢，对它的血管从上到下进行清洗、疏通，重新激活了它的生命。黄河清，未必就有圣人出，但河床的降低，河流的畅通，无论对生死系于黄河的亿万苍生，还是对严重退化、一次次枯竭断流的黄河生命，具有重生的意义。

五、假如没有小浪底

如果说黄河的洪水是一个巨大的悬念，黄河断流则是我接下来叙述的一个残酷事实。

一条洪水泛滥的黄河，怎么会枯竭断流呢？这就是黄河变幻莫测的另一面，要不怎么说它是世界上最复杂、最难治的大河呢。

我一直想效法郦道元和徐霞客的笔法，他们很少用数字说话。对于一条自然河流，其实也没有必要说出那些精确到小数点后面的数字，越是精确，越是让我感到迷惘。人类对大自然的把握，真的可以准确到这样的程度吗？对于过于庞大、复杂，时时刻刻处在变化中的事物，我们是否常常会被这些数字欺骗？但在这里，离开了数字你还真是难以言说。众所周知，黄河是仅次于长江的中国第二长河。从长度看，黄河全长约 5464 公里，长江全长约 6211 公里，仅比黄河长七百余公里。从流域面积看，黄河约 79.5 万平方公里，长江流域总面积约 180.9 万平方公里，约为黄河的两倍。而从水量看，历史上，黄河平均年径流总量约 661 亿立方米，黄河水利委员会根据 1956 年至 2000 年系列水文数据重新核算，黄河多年平均天然径流量为 535 亿立方米，这样的水量，约相当于长江支流赣江或汉江的水量。换一种说法，一条黄河的水量仅相当于长江的一条支流，而一条长江的水量就相当于二十条黄河，一条珠江的水量也相当于五六条黄河。黄河，中华民族的母亲河，一直以来，就是以如此之少的水量，哺育着数以亿计的儿女。又把背景放大到全国，黄河多年平均径流量在全国河川径流总量中仅占 2%，而黄河流域的人口差不多占全国总人口的 20%、耕地占全国总面积的 15%。从这些枯燥的数据，得出的也是一个枯燥的答案，这是一个资源性缺水非常严重的流域。黄河的水资源危机，是它与生俱来的宿命，它流经的西北、华北和中东部平原，大多为干旱半干旱地区。越是缺水，就越需要水；越是干渴，人类就越是充满了对水的渴望。

走进历史，穿越历史的纵深去看黄河，似乎又没有我想象的那样充满了危机。尽管黄河水量同长江、珠江相比足以用奇缺来形容，但在农耕文明时代，人类对黄河水的开放利用一直很有限，似乎也从未担心黄河水少了，最担心的还是水大了，一转眼就变成洪水，形成洪峰。如何以最快的速度把洪水放归大海，才是人类一直以来最致命的问题。直到新中国成立初，每年都有四五百亿立方米的黄河水，在人类眼睁睁的注视下白白流入大海，谁也不觉得可惜。黄河开始出现资源性水危机，大致与一座座梯级水电站的兴建处于同一进行时。随着流淌的自然河流变成一个个平静如镜的大型水库，在阳光照射和反光的交相辉映下，蒸发量剧增，直接导致河流径流量减少。但这还只是原因之一，导致黄河水量锐减的主要原因，还是人类对黄河流域的开发进入了一个前所未有的大时代。人类的气魄，人类的力量，人类的欲望，都大得超过了历史上的任何时代。随着一座座城市的崛起，如今黄河两岸已有五十多座大中城市和三个特大型能源基地，还有大大小小的厂矿，更有从中上游的河套一直绵延到下游黄淮海平原的引黄灌区，生活用水，工业用水，农业用水，四面八方的手臂一齐伸向了黄河，也只能伸向黄河。越开发，越缺水，越要建大坝，修水库。黄河两岸，大河上下，一路上是络绎不绝的大坝、水库、水利枢纽、引黄闸、提灌站，层层拦截黄河水，拦截多，放流少，河道里的水自然也就越来越少了。一条自然大河，一次次被人类逼近死水位。而黄河的供水范围还远远超越了黄河流域，引黄济津、引黄济青、引黄济淀——海河流域的白洋淀，如今也是靠黄河水源源不断的输血来维持生命，这都是跨流域的调水。哪怕在天干地旱的苦旱年，这条不堪重负的母亲河在哺育黄河儿女的同时，依然担负着远程输水的使命。而人类的使命，最终也只能把一条大河逼到山穷水尽、直至断流的命运。

黄河断流，在历史上也曾偶尔发生过，一次是1938年蒋介石下令扒开花园口，造成花园口以下主河道连续多年断流，但严格说那不是断流，而是改道。还有一次是三门峡大坝落成的1960年，人类为了在枯水期试闸，致使黄河断流。这几次断流都是人为的原因。黄河第一次自然断流，发生在1972年4月23日，有人把这一天称为黄河母亲的祭日。但至少在当时，还不能这样说，黄河还没死，断流也只是发生在山东河段的下游，这次断流虽说是黄河史无前例的第一次自然断流，但还只是轻度的季节性断流，断流时间也只有半个月左右。此后，黄河又连年发生这种季节性断流，一般只发生在春旱时节。随着这种季节性断流反复出现，黄河入海水量开始大幅度衰减，但常年仍保持了约300亿立方的入海水量。应该说，这是黄河对人类提前发出的灾难性预警，警告人类对河流生命的索取已突破极限。

一条黄河，灾难深重，但人丁兴旺。中华民族，可以说在苦难深重中显示出了最顽强的生存能力、最强大的繁衍能力的伟大民族。我们拥有如此辽阔广袤的国土，但我们的土地还远远不够，我们拥有七大江河、十大流域，但我们的水资源也远远不够。说穿了，只因我们的人口太多了，13 亿人，13 亿张嘴，一张嘴，就可以吃掉一座泰山，喝干一条黄河。你可能觉得我这话太夸张了，还有比我更夸张的，有人说，“如果碰巧一个老汉赶着羊经过，一群羊就能把河里的水喝干。”

千万不要以为说这话的是咱们搞文学的，这是李国英的原话。

一切都是宿命，为了生存，为了发展，人类对一条母亲河的索取实在难以遏制。

在此后的一段岁月里，黄河断流从历史上的“三年两决口”一变而为“四年三断流”。翻检一本近四十年的黄河水文流水账，从 1972 年黄河下游第一次自然断流到 1996 年，二十多年间，黄河有十九年出现河干断流，而一旦黄河断流，则意味着黄河中下游流域处于干旱缺水的极端状态。当灾难被推向极端状态，黄河断流也就开始发生恶变，从 20 世纪 80 年代后期开始，黄河断流已由春旱的季节性断流，扩展到了全年度。1987 年后，黄河几乎连年出现断流，断流时间不断提前，断流范围也不断扩大，断流频次、历时不断增加。1995 年，据黄河河口段的利津水文站记录，利津以下黄河断流历时四个多月（122 天），而断流河长从山东河口段一直上延至河南开封市以下的陈桥村附近。1996 年，地处济南市郊的泺口水文站从 2 月 14 日就开始断流，而利津水文站该年先后断流 7 次，长达 136 天，这是有史以来黄河断流时间最早、历时最长的一年。这一历史纪录在第二年就被打破了，1997 年，黄河利津站断流高达 226 天，黄河口连续 330 天无滴水入海。开封以下 800 公里河道变成了死河道，如同干涸千年的黄河故道，而断流河道又一次上延，直逼郑州花园口。过了花园口，就是黄河中游了，这意味着整个黄河下游都断流了，黄河还没有流到大海就提前结束了生命。而随着断流不断纵深，甚至连远在三门峡之上的潼关河段也濒临断流的危机。如果没有一种办法来遏止黄河断流，曾经洪水滔天的花园口、潼关就将变成黄河口，黄河将不再是一条奔向大海的中华龙，而是一条龟缩在中国腹地的内陆河、季节河。黄河长度、流域面积等，这些每一个小学生都在填空题上一遍一遍地填写的数据，他们依然在继续填写，但他们也许不知道，他们填写的已是真正的空白，至少在 1972 年到 2000 年这近三十年间，他们以正确的方式，书写着一个个错误的答案，错的不是这些天真单纯的孩子们，而是没有人告诉他们一个比标准答案更正确的真相。黄河断流，在那个时代，除了离它最近的人，一直是一个如同天机般的秘密。

当断流早已成为黄河的常态，黄河也基本上没有了汛期和洪峰。一条河流没有了汛期，就像一位母亲没有了生理上的循环周期，意味着生命体征的老化和枯竭。黄河断流，致使下游流域的最后一个省份山东，陷入万劫不复的焦渴，至少有 500 万人再也喝不上黄河水，要想活命，只能靠拼命打井开采地下水。中国第二大石油生产基地——胜利油田也因缺水而多年限产。黄河断流，深受其害的不只是山东一省，而是加剧了整个北方水危机，直接引发了一系列生态灾难。由于没有足够的水量冲刷泥沙，使下游河道进一步恶性发展，河床泥沙沉积更加严重，行洪能力下降到历史最低点，一旦旱涝急转，黄河很可能发生决口、改道。这是看得见的灾难。还有看不见的，由于黄河断流，地下水得不到补充，又加上人类的拼命开采，在华北平原和黄河入海口，形成了一个个如同天坑般的地质漏斗，干涸的河道里没有流淌的河水，却有倒灌的海水，由此而引发一系列生态灾难。

海岸线后退，三角洲湿地水沙环境失衡，生态系统加剧萎缩，河口地区及近海生物多样性减少，生物种群和遗传多样性丧失，海洋和陆地生物链严重断裂。在人类遭遇海河断流、淮河污染积重难返的背景下，黄河已是中国大陆腹地最后一道“生态长城”，而随着黄河断流也成为事实，这道“生态长城”已被撕开了一个巨大裂缝，这意味着黄河下游的生态系统已处于崩溃状态，黄河口湿地保护区的生物种群和海洋生物正在陷入灭顶之灾。

关注黄河命运的不只是中国人，还有许多外国人，尤其是我们的东邻日本人。黄河断流，中华民族的母亲在哭泣，已经到了欲哭无泪的程度。而隔海相望的日本人，却似乎有些窃喜，有些幸灾乐祸。日本一家著名月刊如是说，不应仅仅把黄河断流看成是经济和环境问题。整体来看，黄河断流带来的是整个流域的衰亡，断流使黄河流域的活力不断衰退……长远来看，黄河文明已开始走向衰退。

在日本人眼里，黄河文明就是中华文明的代名词，而黄河文明的衰退，意味着中华文明全面走向衰退。

对于中国人来说，拯救黄河，不只是拯救一条自然河流，而是对中华文明的拯救。

一个世纪走到了尾声，黄河断流不但没有遏止，还在继续向上游纵深推进，越过开封、花园口，直逼桃花峪。很多悲观的预言家发出了世纪末的预言，黄河，正在演变为一条死河。为了拯救黄河，温家宝在国务院总理任上对黄河一共作过四次批示，每次都针对不同的情况，但有一句话被重复书写了四次，始终不变——确保黄河不断流！

2000 年，在一个新世纪和新千年的关口，黄河的命运出现了一个转折点。

就从这年开始吧，这是黄河重生的一个开端，也是黄河流域的一个大旱年。6 月 22 日，地处大河尾闾的山东利津断面只剩下两个流量，一息尚存，但气若游丝，一口气都可以吹灭。黄河断流再次进入了濒危状态。为了维持那一息尚存的流水，黄委先后派出上百个工作组奔赴大河上下，对全流域主要引水口实行 24 小时全天候监控。而小浪底作为黄河的命门和心脏，又一次发挥了关键作用。人类像防洪一样实施全河大跨度接力式调度，不断调度下泄水量，黄河的又一个奇迹出现了：从 1972 年首次断流的黄河，在 2000 年这个黄河历史上处于第二极的枯水年，黄河恢复全线过流，在下游断流近三十年之后，第一次以完整的生命形态安然入海，这意味着，黄河断流的历史，终于没有被一个古老的民族带进又一个新千年、新世纪。

走笔至此，又不能不说到李国英。如果说前辈治黄，最揪心的是洪水，到了李国英这一代60后的水利人，他们遇到的则是一个比抗洪抢险更难的问题，黄河没水了，黄河断流了。一种灾难性的倒逼机制，在几近绝望的危机中催生了一场技术革命。但技术革命必须有可以运用的技术条件，小浪底枢纽为人类的一场技术革命提供了这个条件。如果说小浪底对防洪起到了生死攸关的作用，它对遏止黄河断流则起到了起死回生般的作用。在建小浪底以前，黄河宝贵的水资源难以得到调配，一出峡谷，到了下游，基本上是以自然的方式流淌，而随着小浪底的运用，再也不会让一滴水白白流走了。

黄河的水量调度权在黄委，黄委设有水资源管理与调度局，这个机构和黄河防总实际是两块牌子，一套人马，平时是个“局”，一到汛期就变成了防总。对水量调度是科学而周密的，具有相当高的技术含量，要描述出来相当难。但目的非常明确，通过枢纽工程的调节作用，使有限的水资源得到优化配置，在大旱之年保证黄河不断流——这是人类对一条大河第一次做出的保证。对此，十多年来一直从事水量调度的主任工程师董泽亮给我做了一番大致的梳理。

这里按时间顺序来叙述。黄河虽说在2000年恢复全线过流，但谁也不敢说黄河断流的历史从此终结了，那只是一个良好的开端，而要保证黄河不断流，还需要长足的后劲。2001年，对黄河又是一次严峻的考验，这是在历史上处于第三极的枯水年。首先告急的是三门峡上游的潼关河段，而且是在汛期告急，告急的不是洪水来临，而是仅剩下不到一个流量。自古以来，这个“河在关内南流潼激关山”的潼关，从来担心的是洪水，而现在，一条洪汛期的大河，竟然只剩下了不到一个流量的水，这意味着黄河在流量最大的中游就有可能断流。黄委采取紧急措施，对干流水库进行联合运用，通过调控万家寨水库的蓄水和严格监控山西、陕西两省引黄用水，首先保证了山西、陕西河段不断流，这是第一级调度。当河水进入晋陕峡谷的出口处，又通过调控小浪底水库下泄流量以及三门峡至黄河花园口区间伊河、洛河、沁河的地表径流，保证黄河下游河南至山东段不断流，这是第二级调度。接着，又用东平湖保证其下至河口区间山东全河段不断流，这是第三级调度。就这样，通过几个骨干水库接力式运用，一个利用骨干水库统一联合调度的工程体系初具雏形，这是缓解黄河断流的关键措施，标志着黄河水资源统一调度、优化配置，开始真正走向全河统一。

接下来的 2002 年，黄河来水继续偏枯，全流域大旱，在人类的调度下黄河没有断流，但也是命悬一线。到了 2003 年上半年，黄河来水遇到了有实测资料以来最少的紧急状态，从上游唐乃亥断面、中游头道拐断面到潼关断面，黄河的流量一路上亮起了红灯，各大水库的蓄水位均已达最低点。远在青海的龙羊峡水利枢纽已经逼近发电死水位，年均径流量为 535 亿立方米的黄河干流可供水量仅有 117 亿立方米，只剩下了五分之一。黄河会不会再次断流？每一个关注黄河命运的人，都睁大了无比空洞的眼睛。而越是干旱缺水，越是需要水，来水持续减少，用水却节节攀高。就在这人人如在炼狱里煎熬的关头，作为全国人大代表、黄河水利委员会主任的李国英，在分组讨论会上疾呼："河流是有生命的。现在黄河水量相对减少，以经济增长为目标的用水要求却日益迫切，黄河下游断流或长期超警戒水量运行，导致主河槽恶性淤积、河道急剧萎缩、河口生态体系几近崩溃。触目惊心的现状表明了一个我们并不情愿承认的事实：中华儿女似乎早已喝干了母亲河的乳汁，现在还要喝干她的血！”

这是一个人民代表，代表一条被人类逼进了绝境的河流发出的疾呼。

一个令人欣慰的结果是，一方面是黄委水调部门实施全河大跨度接力式调度运作；一方面是沿黄各地以大局为重，忍受着人类最难以忍受的焦渴，又一次保证了黄河不断流。

说到如何保证黄河不断流，李国英就像一个精于计算的会计，每一次调度，都精细到了每一个流量。少放一个流量，害怕下游会断流；多放一个流量，又心疼会不会少蓄了水影响下一步调度和发电。

一座水利工程其实并不需要漫长的时间来检验，小浪底的综合效益几乎在一开始运用就显示出来了，而三门峡的灾难几乎是与生俱来。应该说，小浪底是对三门峡的一次成功补救，这对我诚惶诚恐的叙述也是一次非常及时的补救。如今，黄河已经以完整的生命形态流淌了十多年，这还不能说是小浪底交出的一份答卷，但至少可以得出一个阶段性结论：作为一个大型水利枢纽工程，小浪底的主要功能和兼顾功能都经历了十多年的检验，尤其可贵的是，它真正体现民生水利的真谛。十多年来，在保证黄河岁岁安澜、不再断流的同时，还保证了两岸人民都能喝上水，还保证了农业生产关键期用水。由于实现了科学调控、调度，充分考虑了农作物的需水规律，在最需要用水的农时实施水量集中下泄，保证了小麦等主要农作物在关键期的灌溉，提高了农业用水效率，因为浇上了宝贵的黄河水，沿黄大部分地区农业喜获丰收。这也是我眼睁睁地看见了的，就在我探求一条大河一个水利工程的真相时，中原大地已经连续四个多月没有下过雨，但大旱之年未见灾情，一条条清渠悠悠而来，一片片庄稼荡漾开去。今年，沿黄大部分地区的夏粮在经历了又一年的春旱之后夺得了大丰收，有些地方还创历史最高水平。

一向以严谨著称的两院院士、水利专家潘家铮已提前说出了一个我不敢说出的结论：小浪底枢纽保证了下游河道年年安澜，并为地区经济、社会发展提供了宝贵的水资源和清洁的能源，还取得了显著的生态环境效益。

这是治黄工程中的重大成就，这一史诗般的成就来之不易，将载入史册。而世界银行检查团团长古纳则说出了小浪底的世界意义：小浪底水利枢纽工程不仅为中国的水利建设树立了样板，同时也具有世界意义，被世界银行誉为该行与发展中国家合作项目的典范。

而我在黄河流域奔波时，很多人都不约而同地提到了这样一句话："维持黄河健康生命。"这话也是李国英说的，这是一种不同于既往的治河理念，甚至是江河治理的终极目标。水利，不止是对人类有利，还要对水有利，对人与自然都有利，这才是水利的完整意义。一句话，水利应该是人与神的杰作。神不是上帝，而是大自然。还有一句话，如果我们不能超越狭隘的"人类中心主义"，不能把一种更辽阔而博大的爱——博爱，向人类之外的自然界扩展，或许永远抵达不了水利的真谛。

我不想说小浪底是人类治黄历史上的一座丰碑，我更想说的是一系列假设：假如没有小浪底，黄河下游河床又该淤高一米多了；假如没有小浪底，黄河滩区又不知被洪水淹没过几回了；假如没有小浪底，黄河断流已经有半个多世纪了。如今，人类已连续创造了黄河十多年连续不断流的奇迹，这也让黄河成为迄今为止全世界唯一解决断流问题的大河。诚然，作为一个旁观者，我也保持了一种理智上的清醒，这种全靠人类掌握的“不断流”依然是脆弱的。一方面水量非常有限，一方面黄河还处在随时都可能再次断流的危机中。从我在黄河河口段看到的情况看，黄河看上去早已不像一条大河了，宛如一条南方的小溪。这绝对不是一个比喻，却也绝非有人所说的其象征意义远大于实际意义。只要黄河不断流，哪怕像现在细水长流，对黄河流域的生态、对这里的一切生命，就有血液循环的意义。

落寞夕阳

——中国农村留守老人现状采访记 |李球璐|

李璐，女，1987年12月生于北京，中国作家协会会员。13岁起开始发表文章，作品散见于报刊，有报告文学《医患之间》《与死神争夺生命》《光荣与梦想》《我们来自八〇后》等，著有报告文学、诗歌、人物专访、评论等各类作品60余万字。曾在本刊发表报告文学《一个中学生的学习札记》。现为农民日报社记者。

如果不是亲眼所见，你很难相信这是现实版的中国农村，也很难承认，在当下我国农村，拥有如此庞大的留守老人群体。

农村留守老人是我国由传统的农业社会向现代化的工业社会转变过程中急剧扩大的群体。随着社会的发展，城市化步伐日益加快，大量青壮年农民进城务工，子女和老人在迁移时间上的错位，以及相当一部分老人对原居住地的留恋，养老载体和对象在时空上发生了巨大变化，跨省流动越来越多，离家时间越来越长，导致越来越多的农村留守老人独守空巢。

当一个个年轻人告别家乡，到光怪陆离的城市“寻梦”，渴求有朝一日能够衣锦还乡时，他们忘记了，在自己身后，还有一双双含泪的眼睛、一对对孤独的身影，老人们在村口守望着，掐着手指，看着太阳，盼望着亲人早日回家。这些在夕阳中斜长的背影，就是他们年迈体弱的父母。双亲中有的年近古稀，有的长年患病，有的拖着羸弱的身躯不分昼夜地在农田里忙碌着。人们普遍称这些老人为“留守老人”。随着越来越多的中青年农民离开家乡，“留守老人”与日俱增。但，谁来关怀、呵护这些老人？他们在农村是如何生活的？谁来保障他们的养老？

除此之外，请看另一组惊人的数字：中国平均每年约有28万人死于自杀，200万人自杀未遂。自杀死亡者中，80%来自农村。老年人是中国两大自杀高峰人群之一，中国农村孤独居住老人已接近四成，很多“空巢老人”缺乏精神慰藉，存在不同程度的焦虑、孤独、失落、抑郁等情绪。大连医科大学心理学教授贾树华认为，中国的自杀死亡，与社会转型变化有关，与伦理道德水准下降有关。老无所养，农民外出打工，城市化进程，对农村影响巨大，很多农民自杀死亡都与这些社会变化有关。从这个意义上来讲，自杀其实更多的是社会问题。

这些不得不面对的问题，一次又一次地将农村留守老人这个群体推至社会面前。

一、近乎惨烈的留守现状

2013 年 8 月 16 日，国务院常务会议确定深化改革加快发展养老服务业的任务措施。李克强在会上指出，我国是老年人口最多的国家，达到近 2 亿人，老龄化发展迅速。到 2020 年要全面建成以居家为基础、社区为依托、机构为支撑的覆盖城乡的多样化养老服务体系，把服务亿万老年人的“夕阳红”事业打造成蓬勃发展的朝阳产业，使之成为调结构、惠民生、促升级的重要力量。

而现实却是：老人在地震后趴砖自救，独守在农村的老人屡屡遭遇伤害……这一特殊的“留守”群体现状实在令人忧虑。

2013 年 2 月，中国社会科学院发布《中国老龄事业发展报告（2013)》。报告指出，中国将迎来第一个老年人口增长高峰，2013 年老年人口数量突破 2 亿大关。在

2025 年之前，老年人口将每年增长 100 万人。同时，劳动年龄人口进入负增长的历史拐点，劳动力供给格局开始发生转变。

中国老龄科学研究中心副主任党俊武是该报告的副主编，研究中国社会及农村老龄化问题已超过 20 年。据他介绍，劳动年龄人口从 2011 年的峰值 9.40 亿人下降到 2012 年的 9.39 亿人和 2013 年的 9.36 亿人。2013 年老年人口数量突破 2 亿大关，达到 2.02 亿，老龄化水平达到 14.8%。老年抚养比从 2012 年的 20.66% 上升到 2013 年的 21.58%，推动社会总抚养比从 2012 年的 44.62% 上升到 2013 年的 45.94%。

起起伏伏的数字只是结果，远不及真实现状的悲哀——

他是 102 岁的独居老人，在 2013 年 4 月 20 日四川芦山地震时趴砖自救而“出名”，更让人无法理解的是：入院后无一亲人探望。

百岁老人叫罗财发，儿子在湖北打工，老人与儿子 30 年未联系。“我也不想麻烦他。”罗财发说。

地震后第二天，双脚缠满绷带的罗财发，向前来探望他的同乡人讲述了地震时的惊心一幕：“我原来是五六点起床，但地震当天身体不舒服，就没起床，谁晓得地震把房子晃得好凶，我赶紧往外跑，结果墙砖和门柱砸到我两腿上,我喊了好久也没人听见。邻居都住得远，最后我费了好大力气才把墙砖扒开，爬到街上喊救命。”

据芦山县当地介绍，由于老人所在的县受灾较严重，死伤人数较多，加之道路中断，直至 4 月 20 日傍晚，罗财发才被救援人员发现，并被及时辗转送入华西医院。

“哎哟，你晓得吗，成都的伙食就是好。”晚上 6 点，是华西医院内地震伤员开饭的时间，病床上动弹不得的罗财发向周围的人感叹道。香菇炒肉片、鱼香茄子是医院向转院来的地震伤者提供的免费晚餐。这样的晚餐，让独居几十年，每天自己买菜做饭的罗财发甚是高兴。

几十年、几千个日夜，拉二胡、吹唢呐是罗财发自娱自乐的方式。在医院照顾她的护士说，别看罗老乐观爱笑，其实他内心很苦，“从 4 月 20 日地震当晚转院开始至现在，还没任何亲人来看望过他。”

罗财发并不是个例。据了解，在此批转院的 204 名伤员中，像罗财发这样“无人认领”的伤者共有五六名，其中多是“留守老人”。

假设下次还有类似的灾难发生，他们还能顺利自救吗？这次地震后，有的老人永久地失去了劳动能力，他们远在外省打工的子女会回来吗？如果不回，那老人如何养老？生活还能继续吗？这样的晚年，会不会在某一天戛然而止？

这样的试想，让人不寒而栗。

“父母在，不远游”的古训，在当下很难实现。党俊武戏言，现在把在农村留守的人称为“386199 部队”，“38”指留守妇女、“61”指儿童、“99”则是老年人。这一说法在民间流传甚广，也只限口头说说，真正落到实处解决留守老人问题，却是难上加难。

罗财发老人无疑是幸运的，但对于陕西省商南县十里坪镇黑沟村党支部书记翁联成来说，2013 年 4 月 5 日那天刻骨难忘。当天中午，他接到一位村民的电话，说本村孙开成遇害了。翁联成有些不敢相信，火速跑到孙家，59 岁的孙开成就躺在堂屋客厅里，扑面而来的是浓浓的血腥味，而他 49 岁的妻子李某在卧室遇害，墙壁溅满鲜血。

见此，翁联成急忙吩咐保护好现场，向警方报案。

村里马上联系了孙开成的亲人，两个在外地打工的儿子闻讯往回赶，在商南县城住的侄女孙荣、在山西朔州煤矿打工的侄女婿陈长华也赶回了老家。

孙荣是4月5日晚上11时从县城坐上的出租车，6日凌晨3时才到黑沟村。她公公婆婆也住此村，距离叔叔孙开成家走路只有5分钟。孙荣先来到叔叔家，只有一个堂弟在，看到家里的惨状，她强忍着内心的哀痛，想给公公陈义学打个电话说一声，自己当晚不回去了，在叔叔家帮忙，但公公家电话一直没人接。孙荣心里惴惴不安，有些不踏实，急急忙忙往家赶。

翁联成说："当时村子里笼罩着一种恐怖气氛，大家担心凶手还躲在附近，村上要求所有人夜间出行必须有人做伴。"当晚，村里68岁的老人杨传德陪着孙荣回家。

回到家，孙荣发现门锁着，家里的猪好像有几天没喂了，婆婆洗的衣服还在盆里摊着。透过窗户看，卧室床上凌乱不堪。

推开另一间卧室的窗户，孙荣看到了令她今生难忘的一幕：公公婆婆都被放到屋角，坐着，眼睛微闭——两位老人都遇害了。

后来村干部赶来，撬开了门，鲜红的血迹印在了地上、桌上、床上……

翁联成了解到，杀人嫌疑犯是4月6日晚上被抓住的：“4 月 7 日凌晨两点我接到电话，说凶手抓住了。这个消息传出，整个村子都松了一口气。”

4 月 7 日凌晨，陈军被带到了案发现场十里坪镇。“极其嚣张。”这是在场乡镇干部对陈军的唯一印象。据介绍，陕西省公安厅的一位民警问陈军：“知道为什么抓你吗？”

陈军回答：“知道，杀人了。”

“杀了几个？”

“我想想。”陈军迟疑了一下，大约过了一分钟，又说：“7 个。”听到这句话，在场的乡镇干部倒吸了一口凉气：“难道，还有另外三位遇害人我们没发现！”

据陈军交代，自己因在车上听到附近几位留守老人家中的孩子刚回来过，认为其家里应该有些现金，所以盯上了他们。3 月 20 日陈军在商南县十里坪镇红岩村杀死了一位老人，4 月 6 日下午在山阳县照川镇珍珠村杀害了两位老人。

经查，情况属实。在场的村民、干部，包括翁联成本人很难相信：染着红头发的陈军在后来到黑沟村指认现场时，竟露出了笑容。“表情很凶。”翁联成每每回忆起，总是不由得后怕，做噩梦。

翁联成后来陆续了解到，4 月 3 日傍晚，一头黄头发的陈军（后为了掩人耳目染成红头发），从黑沟村村民杨传德门前经过，后来就听见沟对面的孙开成家有说话声。当天晚上，孙开成夫妇好酒好菜招待陈军，距离孙开成家最近、约有 50 米远的女邻居还被喊过去喝了两杯酒。据民警介绍，就在女邻居离开的当夜，孙开成夫妇遇害。当日中午，相距孙开成家有五六分钟路程的陈义学家，70 多岁的老夫妇已经遇害。

孙荣的丈夫陈长华到家略晚些，他本是回家给叔婶奔丧的，没想到自己的父母也遇害了。父亲陈义学 73 岁，母亲党翠兰 70 岁，提及尸骨未寒的双亲，这个 42 岁的西北汉子，掩面而泣。

日近清明节，陈长华家老宅旁的一座新坟特别刺眼。

陈长华反复说，本来应该带着父母一起在县城生活的，但孩子要上学，学校离家有 10 多里山路。为了小孩上学方便，陈长华去年咬咬牙，借钱在县城买了一套房，让妻子带孩子在县城上学，他则继续留在外地打工。

此刻的陈长华，懊恼不已："我经济实力不够，实在没能力带父母过来一起生活。"他弓着腰，没一会儿，便瘫软在黄土地上。

遇害的聋哑夫妻孙开成、李某，也葬在了房子旁边。

孙家长子孙德龙 29 岁，2012 年在煤矿打工受伤，至今右腿走路还有障碍，半个月前他去山西谋新出路，不料竟是和父母的永别。次子孙德虎 23 岁，在陕西宝鸡打工，“开挖掘机，苦得很。”孙开成的大姐说。

已经 68 岁的大姐那几天一直在弟弟家帮忙，她自己的 3 个孩子也都在外地打工。同样，她也是村子里的留守老人。不可遮掩的孤独感笼罩在她的脸上，“但我理解孩子们的难处，不出去打工，守在我们身边，怎么继续生活？”平时，她还常劝小侄子孙德虎出去挣钱，早日娶上媳妇。否则在这深山里，待在这样的老房子里，哪家女儿愿意给你？

远远望去，黄土高原层层叠叠，这是 4 月的土地，干涸的大地“咧着嘴”，像是诉说着什么，却又久久发不出声。倔强的绿色小芽从地里探出头。

翁联成说：“山里没收入，青壮劳力只能出去挣钱，挣到钱的就在外边安家了，没挣到钱的也不愿回大山，哪怕是给人做上门女婿。”他认为，大山里留守老人越来越多的原因是撤点并校。“当初村里有学校，就算儿子去打工，好歹儿媳在眼前，带着孙子孙女上学。

撤点并校后山里的孩子上学特别艰难，现在大家普遍对子女的教育比养老重视得多。年轻夫妇只能一个出门挣钱，一个在学校边租房照顾孩子。老人，也就只能放在家里了。”

翁联成的声音慢慢沉了下去……

与留守在农村的老人相比，那些家里条件好，子女又孝顺的，会把双亲接到城里一起生活。杨传德老人为年轻人辩护：“现在的年轻人，不孝顺的很少，关键还是没办法，没那个经济实力。”他的大儿子在外地打工，大儿媳在学校附近租房陪孩子上学，一周也只能回来一趟。小儿子在河南做了上门女婿，一年也只有在春节时团聚一次。

据村里人介绍，经过几次撤乡并镇，十里坪镇如今是商南县面积最大的乡镇——321 平方公里，平均海拔800 米，山高人稀，总人口约 18000 人，其中，60 岁以上的老人占 20%。从十里坪镇前往黑沟村，开车走十几公里后，就只能步行了。翻过一个山梁，再从梁上过沟，就是熟悉地貌的村民也要走半个小时。翁联成说，村里1300 多人，外出务工的约有 500 人，占村里主要劳动力70% 以上。上点岁数的在煤矿、金矿上打工，年轻一点的则在南方工厂做零活儿。

“我们这里，大山地区，偏远闭塞，大家只能靠出门打工挣钱，孩子们大都被大人领到城里上学了。”翁联成说。

4 月 9 日，商南县十里坪镇党委、镇政府下发文件，在全镇深入开展关爱留守老人服务活动。

据翁支书介绍，镇老龄办开始对每个村 60 岁以上留守老人登记造册，主要记录老人姓名、年龄、家庭状况、身体状况、劳动能力、困难原因，基本生活需求及子女联系电话等。

除此之外，当地还根据老人实行分类服务管理，分为重点照看对象、定期照看对象、重点帮扶对象和一般帮扶对象四类。确定帮扶责任人，实行定期上门走访。

为方便老人生活，十里坪镇制发了“一卡式”便民联系卡，将被帮扶老人、帮扶人的姓名、工作单位、电话标明，明确帮扶责任。建立结对帮扶机制，各包村干部和村干部、各村党员、组长与 60 岁以上行动不便、孤寡老人、生活困难等留守老人实行结对帮扶，开展“三上门”服务：其一是上门慰问沟通，陪老人拉家常、干家务；其二是上门全程代理，办理户口、开具证明等事由帮扶人员代办；其三是根据留守老人需要，帮扶人员提供安全防范、法律援助、身体检查等服务。

就在记者采访的前几日下午，商南县在十里坪镇举行了全县社会治安百日排查整治启动仪式，很多县上包村干部进村工作。

但只有在惨剧发生后，才想起采取行动，无疑令人反思与悲哀。

我想起躺在病床上无助的老人罗财发，也想起翁联成电话中时而语塞、时而颤抖、时而叹气的无奈。是什么，让年过半百的老人如此恐惧？又是什么，让他们失掉了农村生活原本该有的色彩？

答案无从得知。

二、他们与土地，一同被留下了

2013 年，全国留守老人将突破 1 亿，大部分在农村。在“家庭养老”的传统模式下，子女是农村老年人晚年生活的重要保障。然而，随着这些年在农村青壮年劳动力的大量外流，家庭养老的基础受到了动摇。

惨案的发生，虽是个案，却很能说明问题。

采访中，有老人告诉我，农村留守老人有三怕——

"怕生病、怕过节、怕花钱"。

这在我国更加偏远的西北地区，更为突出。

陕西省渭南市，有人口约547万人，其中农业人口300多万人。下辖素有"渭北黑腰带"之称的白水县。汽车颠簸在黄土漫天的土地上，土包一样的小山飞速地闪过。再走一段，一座座的煤山"撞"入我的眼帘。当地人介绍，这是他们过日子的"靠山"。

村里老人的子女大都在矿上挖煤，要么，在据此地几百公里外的城市打工。我想起作家阎连科写农村，乡村，不是那个年代的主题，不是革命的主题。那个年代，和今天的改革开放完全一样，主体乃是城市，而非乡村和十亿农民。无论何样岁月，中国的主人翁都是那些曾经在新旧中国的革命中和革命有过密切联系的人。但乡村，解放前是中国革命的主要阵地；而在解放之后，除了"大跃进"和"三年自然灾害"，或多或少，已经有了角色的根本变化，只是社会主角的群体配角，是革命漫无边界的辐射地带，只是革命兴起时的必然牺牲和最终成就革命的辽阔地缘。"大跃进"和"三年自然灾害"，最深刻的教训就是，革命出产激情，并不生产粮食。"三年自然灾害"时，饿死的人成千上万。这就证明，无论如何革命，乡村还要种地。

也必须种地。

要种地，要割草放牛。或读书与割草与放牛并重。说不清哪个是正业，哪个才是业余。在割草与放牛中，年轻人亲眼目睹着父母们的日出而作、日落而息和无休止的劳动换来的无休止的饥饿。这些所见，滋生了那时他们懵懂内心要逃离土地的心愿。

这心愿，促使当下农村年轻人心中埋下了种子，是年轻人逃离土地的理由。

75 岁的麻德怀，有 4 个儿子，1 个女儿。二儿子麻智斌曾在乡人大做主席，现在县农法办做书记，用麻德怀的话说：“熬出来了。”每两周，麻智斌回家一次，相较于其他家庭，麻德怀的家过得相对宽裕。

麻德怀在大队干了 40 多年。现在，家中的 9 亩地是他和 77 岁老伴王妙英的全部收入。“种小麦，去年收成好。今年干旱，目前颗粒未收。”麻德怀抬头指指天，又低头跺跺脚，说：“我们是靠天吃饭的呀。”

2013 年春节，家中的 3 个孙子、2 个孙女纷纷从外地回到家与爷爷一起过年。当软酥可口、热气腾腾、夹着豆沙和枣泥馅儿的黄馍馍和撒着葱花的羊肉面端上桌，春节的序曲正式拉开了。

只是，这样的团聚时刻也只能维持 5 天。

初五，远道而来的孩子们收拾着各自的东西，陆陆续续地离开了麻德怀家。

“如果你走了，爷爷想你怎么办？”麻德怀问年幼的小孙子。

“想了就打电话嘛。”小孙子眨眨眼，没给出令爷爷满意的答案。在麻德怀的心里，只有一家团聚在一起，才叫“幸福”。

想到睡不着觉了，麻德怀也会带着老伴一同去城里看望孩子们，“但不习惯，吃喝习惯都变了。”说着，麻德怀两手落在了穿着双层厚棉裤的腿上，从今年开始，两位老人就不能下地干活儿了。“腿疼得不行，腿肿，很痒，一摁一个坑。”不单单是种地，由于该地区严重缺水，吃水都要开蹦蹦车到邻村借水，“一次拉三桶水，平时喝水要省着，要抿着嘴喝水。”现在因为腿肿的缘故，麻德怀减少了拉水的次数。

麻德怀的老伴心脏不好，经常心口疼，严重时还会心衰。采访当日，老人对我说，他们准备第二天洗晒衣服，后天要互相陪着去西安看病。看病的艰难，也令麻德怀格外担忧：前几年生病，他在白水县看病，后又转到西安交大附属医院，花销超过2万4，县里帮助报销了70%。开销并不是最大的问题，两人在路途的生活才是麻德怀最犯愁的。“两人身体都不好，还要互相照顾着。真怕出点儿什么事，但又不想叫孩子陪我们。”

尽管如此，麻德怀口中的子女还是孝顺的。“血压计就是他们买的，我们两个经常互相量血压。”麻德怀说，孩子们还要供孙子辈上学，负担不小，回家消费太大，走亲戚还要破费。对于自家孩子不能陪着去医院，麻德怀并没有抱怨，却只是希望自己身体“欢实点儿，少生病”。

在常人眼里，他是农民，也是父亲，劳作与耕地是他的本分，唯有日夜的劳作，才能使他感到自己是活着的，是天经地义的一种应该。

麻德怀的个头超过一米八，因为腿疼，现在只能弯着腰，起身时都要拿手扶一下地，双眉会倏地收在一起，痛苦之情显而易见。

也有不孝顺的子女。从麻德怀家出来，走上5分钟的路，便来到了83岁的麻友民家中。屋里静极，常年停电的灯泡吊在阴暗屋子中央，上面，被蜘蛛网罗织着，不难看出，煤油灯依然是这个家庭最为主要的角色。煤油灯光是一种浅黄色的土地原色，照在人的脸上使人永远都呈出病病恹恹、缺少营养的神情。

生活甩给麻友民的，不仅是病恹，还有孤独，老无所依。日累月积的岁月之笔在他的脸上肆意刻画着。看到我来，他瘸着一条腿，嘴里呜咽着因激动而发出模糊的声音，踉跄着朝我走来。

麻友民的家极度贫困，全家也只有两个人，都沉默在寂静里，坐在外屋不说话。待我进去时，我看了看老人，轻声问："就您一个人吗？"有人瞟了一眼边上的小板凳。我就顺着那目光，朝下看了过去。小凳那边比起外院暗许多，光线微弱，像极了病人恹恹的呼吸样。我在门口怔了一会儿，才看见靠后墙的板凳上，76 岁的王莲叶坐着面朝里。她的面前，一个巴掌大的小菜板横放着，几棵孤零零的小葱散落其上，没有"情绪"地等待切碎。

我轻声叫了一声"奶奶"，朝她那儿走了过去。

老人动了一下身，可没把身子转过来。

"耳朵不好，听不大清。"麻友民有些不好意思。

我随手拿了小板凳坐在她身旁，也想做做样子，和老人寒暄几句，但也只就那么坐了一小会儿。当我起身时，老人忽然把手伸过来，拉住了我，浑浊的眼睛里，开始忍不住淌泪。

麻友民有 3 个儿子，就住在邻村，虽然住得近，但两家春节也要分开过。

早晨 6 点，麻友民开始了一天的忙碌，尽管腿脚不灵便，但给羊拔草、除草、喂草的活儿都是他一个人完成，我们一进门时发现的平板车，便是他运草的工具。

现在，家里的几亩地全分给了儿子家，陪伴两位老人的，是 3 只羊，收入来源仅靠卖羊羔，“我们每月花 100 块钱。”二老的开销少得可怜。

堂屋的一角，有张小圆桌，上面放着一台 7 年前买的电视机，插销斜搁在桌上，我找了一圈，没看到插板，更不知如何使其通上电源。

“平时看电视吗？”我问麻友民。

他摇摇头，做了个摆手的姿势：“舍不得，不常看。”

彼时，屋外，王莲叶正在忙活他们两人一天中的最后一餐。在陕西农村，每天普遍吃两餐，早十点和下午三点。刚刚菜板上的几段小葱，在老人的手下，转眼间切成碎末，屋外的灶台，热气正顺着锅沿呼呼地冒着，蹿起的火苗舔着灶炉，呲呲地发出声音。王莲叶坐在一旁，不断地往里添柴火，一条年迈的黄狗卧在老人脚边，不时地四处张望。

常年陪伴他们的，也只有这条狗了。

这条狗的年龄也相当人的80岁，在麻友民家忠诚地守候着。

“春节怎么过？”我问他。

“春节不关我事。”

“儿子孝顺吗？”

屋里的空气变得凝重，麻友民的脸上乌云密布。半晌，老人喃喃道：“他们也难。”

孝顺与否，已从话音中听出，我还需要问什么呢?

晌午，气温骤升，天空却蒙上了黄土的灰色，每一口呼吸都带着浓郁的土味儿。麻友民依然住着窑洞，用手轻轻拍拍外墙，带着温度的黄土顺音而落，“没离开过。生在这里，死在这里吧。”麻友民苦笑着。

“孝”，它仍是一个社会难以断根的字。我们自古讲孝，不仅中国人，只要是人类，甚至动物界，都有孝行的表现。孝是天性自然的流露，非关知识，亦不需学习。有多少人身为父母后，才体会到“子欲养而亲不在”的悲伤呢?

麻友民老人的遭遇让我想起了一篇题为《怎么会让

母亲有这样的想法……》的帖子。帖子的主角是一位母亲。这位母亲去菜市场捡剩菜叶和空空的水果箱，不小心碰脏了一个姑娘的衣裳，立即引来这位姑娘的骂声：“狗东西，慌什么慌？”这位母亲随后写道：“听到这句话，娘好高兴。因为，儿呀！娘好想做你家的一条狗。”儿子找到好工作，住进大楼房，娶上美娇妻，家里汽车、彩电、冰箱要啥有啥，可父母老家的瓦片却连雨都遮不住。四处奔忙的儿子很少打电话回家，因为“电话费贵”，“还要省钱为你家的狗买狗粮”，“娘也想做那条狗，心里想着，娘什么时候也能吃上那香喷喷的狗粮”。儿子为狗铺了个温暖的窝，不忘给狗补充营养，不忘给狗买漂亮的花衣裳，可家里的老父母吃着炖白菜、穿着打补丁的衣服。儿子常牵着狗去公园散步，却不曾带年迈的父母出去游玩，这位母亲幻想着有一天能成为儿子家的狗，跟着儿子去散步，“好风光”。

母亲问道：“你爹的腿脚不方便；你娘的风湿病呀，好多年了——和你的年龄一个样。父母一天天老了，可儿子怎么就不知道？”

儿子为一条狗被踩死而愤怒，“你说，狗也是生命，你说狗比人强。”母亲也愤怒了，“儿呀！你说得对，娘也觉得，养狗要比养儿强。”母亲无语问苍天：“是否能唤回你那即将丧尽的天良？”

帖子一出，网友哗然。一位网友尖锐地指出：“看完很心酸，坚决不做这样的儿子！”网友“再造人宅鬼”则感叹：“有如此不孝之子，能让母亲有这样的感言，作为儿子的你，良心何安？”他谴责让母亲如此心酸的儿子，“这忘恩负义的‘薄情儿’，连狗都管吃管喝，为啥不管养你长大的娘？”“Emp 苏州囡”则说，孝敬父母是中国的传统美德，连这点都做不到，当什么中国人，“做人要对得起自己的良心。”“在我身边就有这样的不孝子，自己住着高档房，开着名车，进出抱着名犬，还一口一个宝贝地喊。可对自己的爸妈呢？3 个月也不回趟家，回去也像是做客，啥事不做，啥话不问，坐下就吃，吃完就走。”“辽海秋风”愤愤地写道。“白云飘飘”提醒道：快醒醒吧，那些忘记了父母的人。而一位网友则回了一句：“对不起，爸妈。”

一些网友的父母已经离开人世，他们在网络上呼吁大家，父母健在的儿女一定要好好孝敬自己的双亲。网友“人也累了”深有感慨，他的父亲去世得早，平时想买些东西孝敬母亲，可她总是说不需要，“那个时候天真地以为母亲说的是真的，我也就没再坚持。现在回头想想，自己真的不懂母亲。在此，我真心地对母亲说一句：妈，我爱你！过年的时候我一定要当着她的面说。”

网友“天狼”表示，人一生可以随时叫一声爸爸妈妈，那是最大的幸福，拥有时不珍惜，失去时才知道那份珍贵。子欲养而亲不在，那时人心将何等地痛！再多的钱也买不回一颗后悔药。

不少网友还回帖分享了如何让父母高兴的秘招，“其实父母要的，就是儿女给的一个小惊喜和回家看望。”

没有新闻、没有噱头，在网络世界里，这样一篇文字，总是顶在最前面。它引起了众多网友注意，跟帖一天就过 10 页。

这一帖带来及时提醒，犹如那首歌曲《念亲恩》：父母亲爱心，柔善像碧月，常在心里问何日报，亲恩应该报，应该惜取孝道。

也记得作家阎连科写自己春节回老家看母亲：倏忽之间，兵已做了 14 个春秋，每遇了过年，就念着回家。急慌慌写一封家信，告母亲说，我要回家过年，仿佛超常的喜事。母亲这时候，便拿着那信，去找人念了，回来路上，逢人便说，连科要回家过年了。接着，过年的计划全都变了。肉要多割些，扁食的馅儿要多剁些。

做这些事情时，母亲的陈病就犯了，眼又涩又疼，各骨关节被刀切碎了一样。可她脸上总是笑意充盈着，挖空儿到镇上的车站，一辆一辆望那从洛阳开来的长途客车。车很多，一辆又一辆地开来；人也很多，一涌一涌地挤下。她终于没有找到她的儿子，低着头回家，夕阳如烧红的铁板样烤压着她的后背。熟人问说哪儿去了？她说年过到头上，却忘了买一包味精。那人又说味精不是肉，少了也就少了。母亲说，我孩娃回来过年，怎能没了味精呢。

回到家，母亲草草准备了一顿夜饭，让人吃着，身上又酸又疼，舀了饭，又将碗推下，上床早早睡了。然却一夜没有合眼，在床上翻着等那天亮。天又迟迟不亮，就索性起来，到灶房把菜刀小心地剁出一串烦乱的响音。剁着剁着，案板上就铺了光色，母亲就又往镇上车站去了，以为我是昨晚住了洛阳，今早儿会坐头班车回家……

这样接了三朝五日，真正开始忙年了。母亲要洗菜、煮肉、发面、扫房屋，请人写对联，到山坡采折柏枝，着实挖不出空来，就委派她身边邻舍的孩娃，到车站等候。

待孩娃们再也感觉不到新鲜，母亲也就委派不动他们了。到车站上就冷清许多，忽然间仿佛荒野了。可就这时候，“我”携着孩子，领着妻子，从那一趟客车上下了来，踩着那换成了水泥的街路，激动着穿过街去，回到了家里。推开门时，母亲正围着围裙在灶房忙着，或在院落剥玉蜀穗儿喂鸡，再或趴在缝纫机上替人赶做过年的新衣。而无论忙着什么事情，那块自染的土蓝围裙总是要在腰上系着。这时候看见“我”、妻子和孩子，便略微一怔，过来抱了抱她的孙子，脸上映出难得有一次的红润，说你们外面忙，火车上人又多，回不来就不要回了，谁让你们赶着回来过年呢？明年再也不要回了！

是真的不愿意让他回吗？

一位在北京某三甲医院工作的宋医生告诉我，每年春节的归程火车票对他而言很好买，“根本不用抢”，因为每年春节基本都是大年三十值班。和着火车窗外的爆竹声，终于在新年到来之前赶到了家，“那一刻我突然觉得很幸福。”一次，父母跟他说，等下次回来时给他们买一台豆浆机，小宋想都没想就答应了。随后想想不对，下一次回家会是什么时候呢？如果还是像今年一样，要在大年三十踏上回家的列车，父母岂不是要等一年？小宋最后在网上给父母订购了一台豆浆机，“父母很理解我，也说过不让我惦记，不用年年都回的话，只是离得太远，有些时候力不从心。”

当留守老人被一再提起，相关法律一再重申的时候，公众差的只是那颗惦记家乡父母的心。就像麻友民老人所言，哪怕打个电话呢，见不到人，就是听听声音也行。

艰难的生活，孤苦的晚年，让很多留守老人动了自杀的念头。

2013 年 7 月 24 日，四川一位八旬空巢老太太在家中上吊身亡。数天后乡邻发现报警，儿女居然还称“视情况回家”。据重庆石柱警方提供的消息，警方初步断定死亡日期应在 3 天以前。

7 月 17 日，老太太让 76 岁的乡亲向某赶集时帮她买止疼片和白酒，说脚上长了疮疼得厉害。向某回答说 22 号才去赶集，老太太应允称没关系，嘱咐向某记得带回来就好。

18 日，老太太侄子端了碗豆花给老人，在门口喊了几声未见应答，因她平时也不爱怎么搭理人，侄子端着豆花又原路返回。

22 日，向某给老太太买药回来，在门口喊了多声没人回答，门又从里面锁上，怀疑出了意外，立刻给村干部黄组长打电话。黄组长一行来到老人家门口喊话无人应答，众人撞开了房门。民警赶到现场时房门已被打开，屋内散发着恶臭，家具布满灰尘，老太太吊在用头巾结着的床顶上（土家族的床顶上都有装饰，用于挂蚊帐和屏蔽外界干扰），身子半站着，头发散开。民警现场勘查并进行尸检，判定老人系自杀身亡，初步推断死亡日期为 18 日。

据后来民警调查，老太太今年 80 岁，眼睛因白内障几乎失明，育有 1 子 2 女，儿女均外出打工多年，老人现和其他 3 位老人生活在一大院里。据乡邻说，她居住的院子以前有 50 多人，后来陆续搬走，年轻人也外出打工了，现在就只剩 4 位老人留守家中。

据从乡邻那里了解，老太太平日不爱和人说话，性格孤僻，加上子女和邻居关系冷漠，导致她死后没人愿意帮忙料理后事。

民警在老太太枕头下发现 1000 元钱。据村干部讲，老人是村里五保户，钱估计是她想身后事请别人帮忙而留下的。民警留意到，老太太屋里除了一点米，几乎没有其他吃的，似乎也没有厨房，只在底楼有一个吊着的顶罐，揭开盖子只看见灰尘。

随后，民警立即联系老人儿女，可她的儿子告诉民警，要处理完手里的事情，看第二天能否回家。听闻民警让其坐飞机赶紧回来时，居然说："坐飞机太花钱了。"

黄组长说，老人丈夫的哥哥在两年前用同样的方式结束了生命。院外，与她一起住的另一位老人在听（老人双目失明）着发生的一切，手里紧紧地抱住一只猫，大大的眼睛空洞地"看"着院子里的人，表情严肃。

经民警与村干部沟通，他们答应近期会多到老人家走动，想办法安置老人到敬老院养老，不够的经费由民警资助。

老太太的遭遇，让我想起麻德怀因为疼痛而站不稳的双腿，想起麻友民对今后生活的绝望和担忧，想起他们因为生活的艰难而不得不拖着病体劳作。黄土地赋予了他们沉默、坚忍的性格，留守老人们便在与日俱增的孤独、企盼、失望中渐渐老去，直至身体覆上黄土。

三、漂泊在他乡　惦念在心头

他们在外打工，也是一个"尴尬"群体。吃不饱、无处睡，遭白眼，比这些更难挨的，是肩上背负的包袱和一家老少的所有开销。老人在家中盼望，他们在城市流浪，坐在穿梭于大街小巷的公交车上，路灯发出的橘黄色光芒柔和而萧索。他们无数次地问自己：我到底在做什么？目标在何方？该追求什么？努力思索后，只不过让自己的脑袋更加纠结。

早春四月，乍暖还寒，身着单衣的李欢坐在我对面。19 岁，这个年龄，大都应该在上大学二年级，李欢却来北京打工一年了。来北京时，没带衣服，唯一一套像样的，是在一起打工的阿姨送的。

彼时，她在我面前，脆弱得犹如受惊的小猫，一谈到爷爷、奶奶、家这样的关键词，就忍不住掉眼泪。

她说，小时候的春节，总会在家守着老人，洗洗涮涮、打扫屋子、换新衣、购年货，尽管不富裕，因为全家能守在一起过年的缘故，感到分外温馨。

2012 年，是李欢外出打工的第一个年头，没攒够钱，不能回家。去年春节，她站在烟花四起的北京大街，想象着屋内一个个团聚的家庭，“眼泪就止不住地往下掉”。

李欢是甘肃徽县人，家里不仅穷，负担也重。父母患有精神疾病，父亲糊涂到不认识钱，但认得女儿。母亲还会简单地算账，平时家里的开销记录都由她负责。

家中，只有她和妹妹是父母亲生的。爷爷另抱养一女，目前在上大学。李欢是为家里出力最大的。自小，她便一直跟着爷爷奶奶生活，“如今，他们已经70岁，我该挑大梁了。”李欢说。

来北京之前，只要一提到首都，李欢都会情不自禁地嘴角上扬，有一段时间总喜欢跟朋友说：“我要去北京了。”但来了之后却发现，这里带给她的远非想象中那般简单。家里的姨表哥在京上中医学校学习中医推拿，在他的帮助下，李欢进入北京某家正规按摩院学习手艺。李欢个子瘦小，面对体格稍高大的客人，就“总是吃不消”。也因为年纪小，李欢的客人很少，“如果客人能多一点，收入能比现在高不少。”

咖啡店里放着不合时宜的萨克斯曲《回家》。“忙活半天，连回家的路费也挣不出来。”如鲠在喉的话一说出，李欢有些后悔。桌上，她点的奶茶慢悠悠地冒着热气，透过弥漫的雾气，我看见李欢的眼里含着大颗的泪珠，她咬咬嘴唇，眼泪还是流了下来。我拍拍她因哽咽而起伏的肩膀，连一句安慰的话也说不出。

2009年，李欢家中盖房，邻居开车拉砖，倒车时没看见站在车后的姑姑。“姑姑那年才40岁，爷爷随后同邻居打官司,当时只赔了4万块,剩下的钱,至今没拿到。”爷爷俯身掩面而泣的泪水、枯瘦而佝偻的背影、绝望而无奈的哀号，在李欢的心里难以释怀。她说，这是她第一次见爷爷哭。

去年李欢奶奶生急病，在来北京以前半年，李欢曾在甘肃当地饭店做过服务员，每月省吃俭用，偷偷攒下一些钱。这笔钱在2012年奶奶生病时派上了用场。去年夏天，奶奶突然发病，被紧急送到医院抢救，李欢也被爷爷从省城唤回了家。

惨白的病房，7个日夜，李欢和爷爷憔悴不堪。医生只告诉李欢两个结果,老人有可能会瘫痪,也可能会“没”,要做好思想准备。“爷爷哭了，瘫痪不怕，只要人在，就能互相有个照顾。”这是李欢第二次见坚强的爷爷落泪。

命运之神眷顾了李欢一家。10天后,奶奶转危为安。半月前还曾乌云密布的家庭，被火辣辣的阳光猛地扯开一角，生活继续，一切如常。

与爷爷奶奶的感情如此之深，源自李欢小时候。刚出生时，李欢得过一次重感冒，高烧不退，因为父母的智力问题，只得由奶奶想办法，奶奶从卫生所拿来了感冒药，碾碎，一点一点地喂给李欢吃。

类似这样的情况，李欢在小的时候犯过两次，每次都是两位老人使她转危为安。李欢说自己的命是他们给的。总是在夜半，“爷爷翻来覆去睡不着，想事情，压力很大，但他从不跟我讲。”李欢的爷爷很瘦，“只有90多斤”。每日老人吃得简单而单调，面条、馒头、白菜，碰到农活儿忙的时候，“根本顾不上吃饭，”因为“地里的活儿等不了你”。

李欢爷爷有很严重的支气管炎，每年冬天都会犯。前不久李欢打电话回家，听说爷爷今年没犯病，“开心得不得了”。“现在就愁不下雨，地里的庄稼怎么办？”李欢的担忧显而易见地写在了脸上，眉头微蹙着。

刚来北京时，李欢隔一两天便会做个想家的梦。梦里，她时而依偎在长辈身边，时而迷惘在大都市的光怪陆离中。每一次，李欢都会哭着醒来，再擦干眼泪，继续一天新的生活。

“北京好吗？”我问她。

“好，但离家太远了。我担心家里的老人，想着能打工多挣些钱回去，身上就有使不完的力气。”她回答得很平静，与之前小女孩般戚戚然落泪的样子判若两人。

李欢最大的理想是自己开店，“按摩毕竟是门手艺。”22 岁时，李欢才有资格考取高级按摩师证。“还要再熬几年。”前途，对于李欢来说好像断了线的风筝，能隐约看到，却用手摸不到、触不及。

2013 年 5 月，广州率先取消城乡户口划分，新户口簿统一为“居民户口”。

李欢说，不知道自己家的户口簿上何时能成为城市户口。但户口虽改变，观念能轻易改变吗？“农村人”的帽子依旧难以摘掉，身份也依旧受“城里人”的排挤。

对李欢而言，在北京熬年头的日子才刚刚开始。

王荣林是一个很有意思的 90 后，微博名叫“农民工行走中国”。个人介绍简单明了：2012 年，为了圆梦，我离开农村，已经在西安打工 8 年，为梦想加油！有自己的一辆车，没有目的地，用自己的一生行遍祖国的每一片土地。

王荣林的家乡在陕西商洛县（也是文中第一部分发生惨案的商洛县），现在在西安某建筑工地打工，主要做木工支设墙体模板。今年 23 岁，家里父母年事已高，父亲常年有病，庄稼地里的活只能由母亲全权负责。

在王荣林打工的工地上，像他那么大的小伙子，占了大部分。“家里的父母都有‘留守情结’。虽然我每月挣的钱不多，却很想接父母到自己身边一起住，被父母拒绝，说不习惯，周围的人也不认识。”

13 岁时，王荣林因家庭困难辍学在家。那年，他给家里放了一年的羊，“那是我现在回想起来最开心的事儿。”很快地，14 岁的王荣林开始外出打工，迄今已在异乡漂泊了 9 年。不能说回就回的家乡，双亲格外让他牵挂。父亲的病日渐严重，身体也日渐消瘦。吃药、输液、住院，是常有的事。王荣林哥哥也和他在同一个工地打工。

王荣林至今还记得自己打的第一份工。那年他 14 岁，在西安一家裁缝店当小工，主要工作是剪线头、做衣服口袋、钉扣子、烫裤衬（拿硬纸板贴在裤子上，烫硬了再折起来做，通常在做西装裤的裤腰、裤兜时会用到），200 元一个月。老板管吃住，最忙的时候一天只休息三个小时，这样不分昼夜的生活有时会连着干上一两个月。困极了，边给裤子剪线头，边趴在桌上打盹。睡着了，一不小心剪坏裤子，每到这时，王荣林便央求做裤子的师傅帮忙打补丁。

“剪坏一条裤子要赔 20 元，一个月挣那么少，那时赔钱特别不舍得，能蒙就蒙过去了。”王荣林有些不好意思。想起当年第一次外出打工，第一次拨通家里电话的情景：电话接通，喊妈的那一声，还是孩子的王荣林，抽搭着告诉母亲想家。"在西安还好吗？缺钱了和家里说。""打工那么多年，也没怎么哭过。"但那一次，王荣林觉得自己好像走进了迷宫，找不到出口。

"当年打电话两毛五一分钟，我打了 10 块钱。和母亲说了好长时间的话。"

那年春节前，王荣林得到了一个月挣到的 50 元钱。花了 10 元，还剩 40，他揣着钱，在大街闲逛，不知如何花剩下的钱。走了一上午，他在地摊给自己、父母、哥哥，各买了一套衣服。大年三十的清早，15 岁的王荣林，带着攒下的 1500 元钱和三身衣服，回家过年。

在裁缝店做杂工，让荣林切肤体会到：不读书，一定没有出路。现在，王荣林的儿子快两岁了，爱人在距离工地 20 多公里的家全职照顾孩子。而他自己为了方便白天干活，晚上住在工地宿舍。每隔两周，王荣林回去一次。

西安最热的时候，地面温度高达 70 度，顶着这样的温度，王荣林时常一个人爬到 30 层高的顶层，仰天而望，明晃晃的太阳、热烈而刺眼的阳光，让他不由得眯起眼。黝黑黝黑的肤色，湿答答的汗水淌落在胸前，有时，“分不清是汗还是泪。”累极了，荣林也会倏地想起做学生时家中墙上挂满的奖状，“一面墙都是，现在做梦还会梦到呢。”他说自己是90后，在很多人眼里，80、90后农民工都很不“入流”，“不是常人眼中的农民工，因为我们并不只是埋头打工，也懂得享受生活，算是新生代农民工。”

因为家住大山里，王荣林家中现在也没法用手机，院外那根足有10米高的天线，仿若牵挂，一头连着在远方打工的王荣林，另一头连着守在家中的父母亲。“必须接通天线，要么父母年龄大了，有事也联系不上我。”现在回家，“他们已经没什么要嘱咐我的了。以往，经常关心我在外是否吃饱、穿暖。”现在每次离家，都是他一遍遍叮嘱父母，“不知道从什么时候开始就变了。”王荣林小声地叹气，面色上有一种与年龄极不相符的笃定。

9年中，王荣林的打工之路并非一帆风顺。2006年，他16岁。带着父母集中全家给他凑的5000块钱和6个工人只身来到西安创业。“其实，我只管父母要了4000块，以为他们只能帮着凑3000，却在我临走时给了5000。”当年，王荣林的大姐夫在山西煤矿上班，手头较宽裕，父母为了他，拉下脸找了很久不联系的大姐夫。

到了西安，王荣林托朋友承包了一家服装厂熨衣服的活计。忙到什么程度？“说出来你可能不信。最忙时，一个晚上要烫 2000 条裤子。”好景不长，因为身体实在吃不消，又不懂管理，还是小孩的王荣林很快无法坚持。那年夏天，是服装生意的淡季，他以 1 万元的价格将店重新盘出。半年下来，除了盘店的 6000 块钱，王荣林还额外挣了 1 万多。

钱让王荣林兴奋不已。金钱带给他的光鲜感远不是眼前。春节回家，小包袱里揣着钱，逢人便送个礼物。那一刻，双亲脸上的骄傲，乡里乡亲啧啧地羡慕，同龄人站在一旁的窃窃私语……这些，让王荣林忘却了一夜烫 2000 条裤子的辛苦。

盘出服装店，王荣林又开了一家音响店。这次，没有那么幸运。投入两万，最后赔个精光。

“没想过会这样，太突然了。自己失败不怕，搭上父母养老的钱。”对面的王荣林开始语塞。

仅一年，王荣林便从家乡父母的荣耀，变成了可怜兮兮的败家儿子。那年春节，他说没脸回家，可还是回去了。因为“没钱在外面过年”。大年初一走亲戚，无论家人谈什么话题，最后问题核心总是落在王荣林身上。父亲甩出了一句 ："糟蹋了那么多钱，还有脸回家！我和你妈在家盼着你进城能有出息，你这样对得起我们吗？"

王荣林的心里并不好受。"从正月到腊月，我都不敢抬头看他们的眼睛。"王荣林说，因为年轻，也因为太在乎，他做什么事情都想亲力亲为。他想第二年重新开始，哪怕钱少一点，店面小一点，但彼时，双双留守在家中的父母已然不放心让儿子再去开店闯荡。他们给王荣林下了一条死命令 ：只能老老实实地和哥哥去工地干活，学门能养活自己的手艺。王荣林听了父母的话，"也就这样，听从了命运的安排，重新回到了城里。"

"我认命，但不后悔。"王荣林一字一顿地说。

生活继续，听从命运的安排。90 后的年轻人，被残酷的社会一点一点地磨砺着，直至变得"圆滑、安然处之"。父母日渐老去，"不希望我太波折。"半年前，王荣林被工友选为"工头"，却被他拒绝了。工头虽是领导，挣得却不多，"而且还不自由"，比王荣林大两岁的哥哥，已经是同工地的领导。兄弟二人每月给家里寄两千，用于父亲治病和养家。"地里收成不好，父母另要买菜、买粮。现在农村有新农合，爸爸的医药费能给报销一点，负担小多了。”

王荣林说，很感谢自己那几年的困顿时光，让他“加速”融入社会。但心里却始终无法释怀父母对他的不理解。“我知道，除了自己努力打工挣钱，别无出路。”那年，回到西安打工的王荣林在工地上不断加班，一个月承包的工作比老工友半年的还多，挣的钱更多。年轻的王荣林是新手，别人干一个小时的活儿，他则要用两小时。“那也不怕，早晚会干出来。”也是为了赌气，那一年王荣林和父母有半年多没联系。换了手机号，只有自家哥哥知道。一日晚上，父亲突发胃病急症，从哥哥那里得到消息的王荣林大惊失色，忙往家中赶。“从西安早晨坐车，到商洛也要下午四五点，下车便是 20 多里地的山路，要走约 1 个多小时。”王荣林赶到家中时，父亲已被送进了医院。两代人的隔阂，就这样被意外打破了。

“我们商洛县新联村，几乎家家的孩子都在外打工。每家每户都有留守老人，加起来，不是个小数字。”也只有春节那二十几天在家：腊月三十扫墓，对联一贴，灯笼一挂，大年初一的团圆饭让归途的游子们备感亲切。

王荣林对未来没有规划，不是不敢想，只是“规划来规划去，都被现实打败了”。一家人蜗居在廉租房内，昨天还在蹒跚学步的儿子，今天就能自己摇摇晃晃地走路了。作为父亲，王荣林必须为孩子的读书问题作打算，是留在西安还是回老家？父母身体不好，能帮他们带吗？“解决生活的首要问题，就是解决住房问题。”但6000元每平方米的价格令王荣林望而却步。

“最想跟父母说什么？”我问他。

“保重身体。”王荣林叹了口气。

因为工作很忙，王荣林与父母打电话的次数越来越少，但他们的年龄越来越大了。“心里最难受的，是接通电话，父母说的第一句总是问孩子好不好，家里好不好，钱够花吗？”王荣林希望通过自己的力量，凭本事挣钱，让全家过上好日子。

今年4月前后，村里硬化道路，每家每户都要掏钱，按人头算，一人500元，王荣林给父母交了2000元。“但现在过去好几个月了，硬化道路的事又搁下了，村里很多老人都想去退钱。”但他并不想让父母退钱，“毕竟，在村里怕得罪人，自己不在父母身边，得罪人了谁照顾他们呢？”除了不敢得罪人，王荣林每逢过年过节还要去拜会那些老邻居，因为平时父母的起居和生活，免不了周围邻里的照顾。

开车去西藏旅行一直是王荣林深藏心底的梦想。他想攒钱买车，走318国道去西藏。“那是个很神秘的地方，文化、人文气息，吸引我的，是网上一篇写西藏的帖子，从此心驰神往。”闲暇周末，王荣林喜欢读书，“不喜欢电子书，床头总会放着纸质书。最喜欢作家贾平凹。”

采访结束，王荣林给我发来短信：“请多写写关于留守老人的生活，不要写我们干活多辛苦，辛苦只是初期，对我们自己而言，春节期间不上班反而感到空虚，不习惯。习惯了穿脏脏的工服随处可坐，习惯了出力的人只有出一身汗才会感觉浑身轻松。就像老辈父母住惯了农村，怎样都不想到城里一样。只要身体吃得消，我能坚持。”

担心父母在家的年轻人并非王荣林一位。2013年两会期间，有网友在安徽两会频道下方领导留言板中写道：我是一名外出农民工，家里老人八十多岁。一个村怎么两样政策，自来水通一半留一半，这是为什么？家里的青壮年都出去务工以维持家计，本来村里通自来水很高兴，谁知通到一半却留下一半。让家里老人还要受挑水的辛苦。无奈，无奈。希望能在这儿讨个说法，帮帮这里的老人们！（给安徽省委书记写寄语）

这条恳切的提问，至今无人答复。不免令人唏嘘、心寒。

一项针对农民工的调查中显示：出外打工的农民工父母由谁来照顾？25% 的受访者称由留在老家的兄弟姐妹照顾，8% 表示由其他亲戚照料，35% 称父母无人照料，还要自己干农活“自给自足”。如果留守老人身体基本健康，或许日子好过些。然而根据卫生部的相关统计，我国 60 岁以上老年人慢性病患病率是总人口的 3.2 倍。农村医疗条件较差，留守老人往往难以逃脱病痛之苦。有一位老人半夜发病：“我一个人躺在床上，动也动不了，喊也喊不出来，心里想，没有一个人在身边，我就是这么死了也没有人知道。”老人说着，眼泪止不住地流了下来。

2011 年，武汉市参加新农合的农民人数达 280.82 万人，参加率达 99.6%，这让留守老人看病有了基本保障。2012 年武汉市将参加新农合的农民补助标准提高到每人每年 275 元。

据党俊武介绍，2013 年武汉市“新农合”政策范围内住院费用支付比例是 72.8%，门诊统筹每次就医发生的门诊医药费用补贴比例为 40% 以上，每次就医医药费补偿封顶线设置不低于 15 元，个人年度累计补偿封顶线不低于300元。

但是农村老年人要到指定的医院看病住院才可报销，范围较窄，而且住院需要先垫付资金，如果家庭经济条件不佳，就会出现就医难题。另一方面，留守老人的子女都外出务工，老人生了病，没有人去请医生或督促去看病，加上老人农活多，家务忙，往往小病拖成了大病。有关数据表明，我国八成以上留守老人都患有五六种疾病，有病也是硬扛着。

2013年，新型城镇化被提上日程。当然，核心是人的城镇化。眼下，全国上亿农民工尚未真正融入城市，今后还将有大量农村人口进入城市，城镇化注定是一个攸关未来的现实难题。从土地城镇化到人口城镇化，意味着过去低成本城镇化道路难以持续。同时意味着在城镇化进程中，不仅要考虑进城农民的生存、保障，还要让他们有发展、有尊严，真正融入城市。城镇化成本到底有哪些？有多高？如何消化？

实质上，进城容易，扎根难。

这样的困扰，一直令许多进城务工人员备感纠结。高楼大厦林立的都市，看上去繁华而喧嚣，背后却是超出乡村几倍的生活成本。

“在这里，吃穿住用行，样样都离不开钱。”在济南打拼了 10 多年，30 岁的赵明一路走来感触不少。如今，已经娶妻生子的他早已把自己当成了济南人。不过，横亘在一家三口心里的沟壑，却并不那么容易填平。

6 月 1 日儿童节。两岁半的小涛骑着一辆曾陪伴过三个孩子的破旧儿童三轮车，在家门口玩得不亦乐乎。向南不到 1000 米，就是一家儿童游乐园。尽管小涛曾经不止一次地为想去玩而哭闹，可无论是平时，还是今天这个特殊的日子，赵明都舍不得带儿子“奢侈”一回。

这是位于济南市槐荫区的一片棚户区，始建于 20 世纪 70 年代，如今早已破败不堪。赵明一家三口，就租住在一间 12 平方米的平房里。因为没有窗户，光线很差，房间里白天都要开着灯，小厨房里的微波炉是这个家唯一的值钱电器。

为了照顾年幼的儿子，妻子刘敏暂时当起了全职太太。“家里其实还有一台二手洗衣机，但我现在没工作，空闲时间很多，所以衣服都是手洗，而且洗衣机太费电，我们就把它改造成了‘米面缸’。一家在外面生活得精打细算，一分钱要掰成两半花，能省点就省点。”

平房的西侧，是一间塌了半边的平房，现在被改造成了厨房。此前，这里还遭过贼，赵明一家住的小屋被翻了个底朝天。如今再说起这件事，赵明反而觉得好笑："这贼一看就没经验，还能上破房子里来偷，忙活半天空手而归。"

赵明现在就职的公司，专门从事医院消毒环保业务。一个月下来，赵明能拿到手的工资差不多有 3500 元。要养活一家三口，自然是压力不小。

"房租 300 元，吃饭 800 元，水电 100 元，朋友往来 500 元，置办各种生活用品 500 元，一个月算下来怎么着至少都得 2000 多元。"赵明说，自从有了儿子，吃喝上面怎么着也不能太省，只能从房租上想办法。"要是在市区租个一般的房子，少说也得 1000 多元，在这儿住还能省下 700 元。"

在刘敏看来，这里条件虽然差点，但是从家里一出来就有菜市场、服装城，还有医院，各种生活设施都比较全。"唯一不方便的就是家里没洗手间，上厕所只能去公共卫生间、洗澡要去公共浴室。"

赵明说，当年为了老来有保障，换了份稍稳定的工作，虽然钱没以前多，但轻松了不少，"我也能和城里人一样正点上下班了。"那年离开安丘老家时，16 岁的赵明初中还没毕业。背着简单的行囊走出济南火车站，眼前的一切让赵明感到陌生而新奇：马路上有那么多的汽车，男男女女都在 KTV 里唱歌，看电影也不是露天的……

“一定要在这个城市里立足。”打定了主意，赵明在老乡开的修车铺里落了脚。这里管吃管住，还能学手艺，曾经吸引了和赵明一样的许多年轻人。“头两年生意也不是很好，天天就是吃白水煮面条，唯一的作料就是酱油，吃得我现在看见面条和酱油就恶心。”赵明直言不讳。

2005 年，学有所成的他打算自立门户。从找门面房、跑手续，到进货、开业，赵明好不容易有了属于自己的店。不过，钱并不像他想象的那么好赚，两年间，他辗转换了 3 个地方，直到 2007 年初才算稳定下来。

也就在同年，赵明遇到了在济南务工的老乡刘敏。爱情也带来了事业的顺风顺水，两个人一个修车，一个招呼生意，小日子慢慢红火起来。“要是一天到晚不停歇，一个月能赚差不多万把块钱呢，就那一年下来能攒下七八万元。”

但是，赚钱归赚钱，赵明和刘敏的心里却一点都不踏实。同许多打算留在这个城市的外来务工人员一样，他们最担心的问题是：既然要在这个城市一直生活到老，就总有干不动的那一天，到时候谁来提供保障？思前想后，赵明最终选择了放弃自己的修车铺，走进了现在的公司。平时既要当司机，还兼着办公室的活计；工作不忙的时候可以朝九晚五，每个周末还能休息一天。

“的确不如原来自己干的时候挣得多，但关键是公司给交五险一金，老来也能有个保障。”说起这事，赵明并没有太失落，反倒觉得知足。“比以前轻松了不少，正点上下班，白领不也就是这个待遇嘛。”

有时候也打退堂鼓，想回到老家发展。但是出来十几年，已经不可能再回农村种地。令我意外的是，赵明竟然在济南买了房。

2008 年，赵明把自己的积蓄全部拿出来，又向亲朋好友借了些钱，凑了 18 万元在靠近黄河大桥的位置买了一套 70 平方米的房子。

房子，是在城市立足的根本。赵明说：“有了家，就可以慢慢融入这个城市。”怀着对未来的美好憧憬，欠了一屁股债的赵明心里乐开了花，曾打算装修一下住进去。

可没承想，妻子刘敏却是强烈反对。“这里距离市区太远，不光上班是个问题，而且基础设施不完善。外来务工人员本来就处在城市的边缘，如果再住到这么偏远的地方，那种被边缘化的感觉更强烈，更别说融进这个城市。”

两个人商量来商量去，还是决定到市区租个房子住。因为买房耗尽了以前的积蓄，夫妻俩只好搬进了棚户区。“现在就盼着以后城市建设继续扩张，我们的房子升值了，再卖掉到市区换套房。”

因为不是济南人，赵明一家的生活并不轻松。虽然50米开外就是槐荫区人民医院，但在老家的新农合根本用不上，看病的钱还得拿全额。“因为儿子太小，打针吃药的事情少不了，一年要花个几千块。”赵明的话里话外，是儿子，是家，是摆脱不掉生活宿命的无力感。

2010年初，刘敏怀孕时想在济南把孩子生下来。可动辄七八千的花销，让赵明着实犯了难。到了预产期，赵明还是把刘敏带回了老家的医院。剖腹产加住院，除去新农合报销的钱，自己只出了不到3000元。

但让赵明“郁闷”的是，曾经一起在济南修车的同村伙伴，娶了一个济南当地的媳妇。在济南生完孩子，最后才花了2000多元，而且享受到的医疗服务远远比在安丘的好。

农村与城市如此大的区别，让赵明一家无法理解，却也只能接受命运的安排。

2013 年 7 月 1 日，小涛上的寄宿制幼儿园，一个月费用需 2000 余元，而且说不定还要交几万元的择校费。“孩子这么小就送出去，确实不忍心，或许这也是想留下所要付出的代价吧。”为此付出的代价还有，一年甚至连过年都无法回家，“因为公司常常会值班。”

尽管如此，赵明觉得自己已经没有退路。“有时候也打退堂鼓，想回到老家发展。但是出来十几年，不可能再回农村种地，过年回去待几天就觉得很不适应。再说，回去也会让乡亲们笑话，在外面混了十几年混不下去，又回来了。这名声也不好听。关键是，父母会很没面子。”

与赵明一家有同样境遇的还有刘宏伟。

刘宏伟的家在四川省广元市，地处四川盆地北部山区、嘉陵江上游、川陕甘三省接合部。自 1994 年始至今，由中国东部沿海经济强省浙江省对口支援，向外输出人员日渐增多。刘宏伟便是其中“输出”的一员。

今年 42 岁的刘宏伟目前在上海打工，2013 年雅安地震时，他家因离震区较远，所幸家中父母未受到太大影响。周末下午六点半，拨通他的电话时，刘宏伟还在上班。嘈杂的背景，让他不得不一次次提高声音，继而又压低声音怕工头听到："不说了不说了，我先工作。等一下再打给我。"

通常，晚上七点下班后，刘宏伟多半会拖一会儿再走，周末上班的双倍工资和加班费，会让刘宏伟的干劲十足。工厂离家并不远，走路只要三四分钟。自2004年刘宏伟一家四口来到上海，便一直在同一个厂子做工人。"加工铝合金门和做木工，夏天没有任何工作量，工资也少得可怜，干得很苦。"刘宏伟的女儿18岁，儿子12岁，孩子是刘宏伟和爱人的全部希望，而双方父母都在四川留守。"一周也就只能打一次电话，父母怕电话费贵，总是说两句就催着我们挂掉。"

就这样，2000公里的距离阻隔了刘宏伟和双亲。

2006年，宏伟的岳父患急性脑膜炎，市人民医院打来电话时，刘宏伟正加班加点完成当月的任务量。"那次花了1万多块，总算把人拉回来了。"他和爱人说，今后要努力赚钱，减轻父母负担，"如果不生病，就是最大的节省。"

令刘宏伟忧心忡忡地不只是父母，还有永远“停滞不前”的工资。“保底工资1200/月，22天，周末双倍工资。”他在这个工厂工作了近10年，“工资还没拖欠过。”为了这个单纯却本应合乎常理的理由，刘宏伟选择了暂不跳槽，“按时发工资”让他觉得安心、踏实，日子有盼头。

“现实生活逼的，没办法。再干两三年，我就回家陪父母养老。这里终究不是我们能留下的。”否则，“养儿防老，简直是个‘笑话’。”刘宏伟用力咬咬嘴唇，能觉察到他的怨气。

“现在上海人好很多了，不再白眼瞧不起我们打工的。”为这个城市打工近10年，刘宏伟认为，他理应是半个上海人。

2007年，刘宏伟的父母来上海旅游，因为母亲年纪大，晕车，也是对家里的房子、土地有感情，无论刘宏伟怎么挽留，两位老人在城市生活还是不习惯，在上海待了两周，逐日增加的开销，让双亲“匆匆”地回家了。

春节前夕，人山人海的火车站，刘宏伟的身影并不能保证每年春运都在这里露面。“平均两三年回家一次。因为回四川的票不好买。买得太早，要扣不少钱。”去年，刘宏伟一家四口回家过年，没买到坐票，硬是站了4个小时。

“出来打工不容易，如果春节不回家会很孤单的，老人心里也会空落落的。以后保证每年春节回家一次，也让小孩回四川读书，回去顺带照顾父母。”

刘宏伟下的决心并不是因为恋家。15岁，体重不到100斤的他在新疆建筑工地打零工，扛麻袋不到一周，肩上磨破的皮与衣服粘在一起，一道道的血印子便从衣服里透出来。“我那时候便恨不得马上回家。”没有电话，只能写信，一封信要走两个月，每次家书上布满了花花搭搭的泪痕。16岁，身体和心灵都疲惫不堪的刘宏伟选择回家。不出半年，“不安分又在心里作祟。”他再一次出发，分别在广东、江西、浙江的工厂、建筑工地、甚至是砖厂等地方又一次做起了体力活儿。

刘宏伟说自己小时候很苦，一天两顿饭，家里的收入仅靠养鸡。现在日子好过些了，“但我和爱人吃得很简单，早上吃面条，中午厂里吃，晚上回家烧些好菜，亏了大人，不能亏小孩。”每隔两个月，刘宏伟会按期给父母寄钱，老人日常的来源靠卖猪维持生活，“也种粮食，有稻子、小麦、玉米，收成好的时候也能卖粮食挣一点。”采访刘宏伟时是4月，四川正值干旱，“有两个月没下雨了，油菜都干掉了。”

如今，已是两个孩子父亲的刘宏伟，依然感谢那些苦日子及熬不下去的时候，这些近乎残酷的经历让他感激现在的美好。

不过，日常开销的逐渐加大让刘宏伟时常有吃不消的感觉。“吃饭，小孩上学，样样要钱。最近这几年，我和爱人没敢出过远门。小孩出去春游比较多。”加上爱人的工资，刘宏伟家每月大约有 4000 出头的收入。每月开销 2000 元，算来算去还能攒下一些。“儿子大了不娶媳妇吗？女儿也要嫁妆，都是给他们攒的。”刘宏伟憨憨地在电话中笑着，那一刻，生活的苦与痛仿似已石沉心底。

“希望两个孩子快点儿长大，我自己再打两年工，钱挣得差不多了，就回家陪父母。再等等，一切都会好的。”电话里，刘宏伟既是提到孩子和教育滔滔不绝、骄傲不已的父亲，也是提到家中双亲担惊受怕、唉声叹气的儿子。刘宏伟的儿子一开始上的是上海本地学校，因为学习跟不上，只得转到当地的民工学校继续学习。“随他自己吧，只要他还想念书，我就供他。”刘宏伟说，现在和原来不一样了，“以前读书是没钱，读不下去。现在条件改善了，就不想看到自己的孩子那么早进入社会。”

刘宏伟告诉我，爷爷奶奶把两个孩子养到4岁，因为孩子大了，老人没法管他们学习，便带到了父母身边。“一和他们通电话，孩子也总想回去。”

每日8点上班，下午5时下班，循环往复，做着同样的工作，拿着每月仅够维持生存的工资，一家人蜗居在大上海。这是刘宏伟，中年人，在上海浦东新区合庆镇一个有十几个人的厂里打工，他不舍得花钱，连买一瓶3块钱的水也不舍得；他对加班毫无非议，甚至可以搭上全年所有的双休日。

相较目前还在大城市打拼的李欢、王荣林、赵明、刘宏伟来说，37岁的王海涛选择了在外打工多年后回家工作。

1997年，王海涛在家乡安徽阜阳承包了一辆出租车，一开就是16年。而在此之前，他曾在河北、深圳打工，“做过建筑工人，那时候离父母太远，他们生病也照顾不到。”担心家中年迈的父母是王海涛回家的最主要原因。

“辛苦另说，但我看不到前途。”王海涛曾在深圳厂里做相框加工，每晚至少工作到11点，没有节假日，这样的辛劳换来的也只有每月 1000 块的收入。

再三思忖，王海涛放弃了在外漂泊打工的日子。

现在，他的父母经常到儿子家中来坐坐，“他们在农村有土地，完全自给自足。”王海涛和妹妹一人每月给父母 300 元，“爸妈也不舍得花，每月花不完，再给的时候，他们也不要。”

“比上不足，比下有余。”每年年夜饭那几盘冒着热气的韭菜馅饺子，两个孩子围坐身边，父母安康幸福，这样的生活让王海涛觉得“知足”“安稳”。

四、农村养老机构之痛

如何养老？在何地养老？农村作为单一、传统型的特殊地带是否能承担起地区养老的重担？能否将这些上年纪或失能老人妥善安置？农村养老院是否真的能为农村老人提供切实可靠的帮助？这些问题，纷纷向我们抛来。

2013 年 8 月 18 日，我从民政部在内蒙古乌兰察布市召开的全国社会养老服务体系建设工作会议上了解到，目前我国城镇老年人口集中，服务资源丰富、服务需求旺盛，社会养老服务格局已基本形成。而农村养老服务则起步晚、基础差、投入欠账多，发展严重滞后。

据最新的数据表明，我国城市社区居家养老覆盖率占全国41%，而农村只占16%。民政部副部长窦玉沛介绍，今年财政部和民政部联合下发《中央专项彩票公益金支持农村幸福院项目管理办法》，要求在农村建设一批村级主办、互助服务、群众参与、政府支持的养老服务设施，确保今年下达的补助项目年底前投入使用，争取到2015年，全面实现“十二五”社会养老服务体系建设专项规划确定的社区日间照料网络覆盖50%以上农村社区的目标。

目标愿景是好的。但落实在地方上，却是另外一个情形。

陕西铜川市宜君县，有位叫王桂芳的老人，在28年中一个人支撑一个敬老院，这期间有43位老人在她的敬老院去世，她一个一个将去世的老人安葬。

3月28日，王桂芳独自来到安葬老人的那面山坡。清明将至，她要为去世的老人们在坟头压些纸钱，以寄思念。今年已64岁的她身患多种疾病，年龄加上身体原因让她萌生退意，她的敬老院不得不面临去留问题。

“都不干了，这些老人咋办啊？”这是王桂芳现在常念叨的一句话。

28 年，对一个人来说，可以干很多事情，但王桂芳只干了一件事，就是支撑一个敬老院，照顾一批又一批送来的孤寡老人。1985 年，宜君县高楼洼乡（现属太安镇）成立乡敬老院，各村五保人员送到这里集中供养。当时还是该乡凉水泉村村民的王桂芳被相中来敬老院照顾老人。敬老院开张不久，因为活儿太辛苦，老院长被儿子接回了家，会计也跟着不干了。很快，就只剩王桂芳一个人了。

从那时至今，都是她一个人支撑着敬老院，既是院长，也是服务人员。28 年来，敬老院先后接到 49 位老人以及生活不能自理的残障者，其中 43 位已去世，现在还有 6 位供养在这里。老人生时，王桂芳像女儿一样照顾他们吃喝拉撒；老人死后，王桂芳又像女儿一样为他们送终。

记者电话采访当天，院里住的一位名叫张金平的残障者的母亲正好去看他。王桂芳向我转达了那位年迈母亲的话，张金平在这里已住了 4 年，“放在他姨这儿我放心，他姨照顾得比我好。”

据了解，当时宜君县与高楼洼乡敬老院同时建起的一共有 4 所乡镇敬老院，现在另外 3 所早已关门。谈起

28年一个人如何坚守，王桂芳说，受的难说不完，但是那些老人让自己舍不得走。“能来的老人都无儿无女，可怜得很，不能不管。”

王桂芳所在的敬老院，建在一面开阔的塬畔上，砖墙围了一个大院子，“院子里两树樱花花朵正艳，一排10眼窑洞看上去像新的一样。”电话里，王桂芳对现在敬老院的环境很满意。因为撤乡并镇，敬老院的名字已改成了太安镇敬老院。王桂芳说，别看现在条件还不错，当初可没少经历难处。

建敬老院之初，乡政府同时划拨了百余亩地，等于“以地养院”，通过土地收入养活院里供养的老人，其余的费用一概没有。王桂芳回忆，最难的时候是在刚开办的几年，她一个人顾内顾不了外，地经常被撂荒，一年到头没啥收成。有一段时间粮食都不够吃，她就从自家背来面粉、玉米糁子。

虽然敬老院有地，但都是坡地，产出少，前些年敬老院的经济并不宽裕。有一年，一位老人得脑溢血去世，王桂芳找人给老人穿老衣，可来的人张口要300元。王桂芳不舍得花那钱，自己把一条腰带绑成环，一头套住自己脖子，一头套在老人脖子上，硬把老人拉起来，一件一件穿上老衣。

王桂芳一心扑在敬老院，家里一摊子事就撂给了丈夫，为此丈夫没少和她生气。王桂芳的儿子李军说，当时他和弟弟年龄小，母亲不在家，大姐不但要照顾身体不好的父亲，还要照顾他们弟兄俩，因此早早就退了学。有一年除夕夜，姐姐领着他哥儿俩到敬老院找母亲，希望母亲回家过年。到了敬老院，看到母亲正陪着老人们包饺子，最后硬是让他们回去，自己留在敬老院陪老人们过年。

2008 年 4 月，王桂芳的丈夫因病去世，她有一段时间打不起精神。女儿问她咋了，她开始不愿回答，问了几次她才说：我对不住你爸，我欠他太多了。

王桂芳告诉我，从敬老院出发，顺着沟畔走上大约十分钟，来到一面向阳的山坡。齐腰的荒草野蒿中间，能看到一座座坟头，敬老院去世的老人都安葬在这里。"43 座坟墓，哪一座埋的谁，我都记得一清二楚。"

王桂芳记得第一个埋在这里的老人的坟墓。墓碑上写着老人的名字，叫黄老九，是 1986 年 9 月去世的。王桂芳说，当时养老院建起才一年多，啥都没有，花不起钱，她就一个一个上门请来乡邻帮忙，才把老人送到山坡上埋了。

最近一个安葬在这里的老人姓白，因患食道癌在2013年正月初八去世。去年发现老人的病后，王桂芳陪着老人看了一年，甚至求过很多偏方。老人下葬的那天，王桂芳回到敬老院里，一个人待在房里放声哭了一场。

按照规定，敬老院的老人去世，送老人来的村子陪送一副棺材，其余事务都是敬老院承担。附近的一位村民说，王桂芳把每一位老人当自己的亲人，每送走一位老人她都会哭上一场。

王桂芳先后送走了敬老院的43位老人，却没能送自己的老父亲。1992年，老父亲病重，几次叫人捎话想见见她。当时，敬老院里有两位老人生病，每天挂吊瓶，王桂芳就想等老人的病好些再去看父亲。第二天一早有人来报丧，说他父亲已去世。回到家，兄弟姊妹们都说：你心里只有敬老院的老人，还回来干啥？而王桂芳的想法很简单：自己的老人有儿女，敬老院的老人离了自己就没别人了。

通过媒体和社会宣传，王桂芳早已成为当地一位“名人”。敬老院原来的名字也几乎被淡忘，当地人更愿意用“王桂芳的敬老院”来称呼它。“没有王桂芳，就没有这个敬老院。”宜君县委宣传部外宣办主任汤小民，也用这句话肯定了王桂芳对这个敬老院做出的贡献。

28 年前，王桂芳第一次踏进敬老院大门时 36 岁。28 年过去了，64 岁的她自己也已是一位老人。王桂芳介绍，自己身体不好，前几年就查出了高血压、冠心病、糖尿病等多种疾病，血脂还高，一些力气活儿已干不动了。“年轻时总觉得身体行，也不想那么多，到现在不想也不行了。”王桂芳说，因为身体原因，恐怕敬老院的事是快干不成了。

自从感觉自己身体不好，王桂芳就有意识地让儿子、儿媳时不时到敬老院来帮忙，一层意思就是希望儿子、儿媳能把敬老院继续办下去。今年，政府给王桂芳的儿媳解决了工资问题，也是希望她能留在敬老院。采访中，儿媳却表露出为难情绪，“我受不了我妈的苦，不是心疼她，我不会干这事。”

一个 28 年的敬老院，因为一个人，它坚持了下来，因为一个人，它会不会再关门？但这个敬老院在当地已是典型，“树立一个典型不容易，政府当然不希望它没了。”采访中，当地一位官员这样表示。

据了解，宜君县全县目前需要集中供养的五保户约有四五百人，而能提供集中供养的床位有200多个。宜君县民政局局长张印全介绍，王桂芳的敬老院是目前全县仅存的一所乡镇一级敬老院,无论是这所敬老院的“特殊”历史，还是未来民政事业发展需要，都需要它存在下去。至于未来谁来管、怎么管,还只能看情况发展而定。

第一次给王桂芳老人打电话，是下午两点半。她正忙着给养老院的老人们做中午饭。电话里，依稀听得对面老人唤王桂芳的声音，支支吾吾，她没再跟我继续说，应和着放下电话就跑过去。王桂芳说 :“只要我还活着，这些老人我一定管到底。只是因为身体，我自己也一天不如一天了。”

明显地，说到自己的身体，王桂芳的声音有些为难。当有一天，这些老人们的依靠不在了，村里这所自建养老院的后续问题该由谁来接手？王桂芳说，因为资金问题，村子里无力支付聘请护士、厨师的工资，只得自己照顾自己。

王桂芳还能坚持多久？连她自己也说不上来。

跟铜川市相邻的渭南市则在社区居家养老方面做了一些探索。

我在渭南采访时了解到，目前社区居家养老服务信息平台已初步建成。这个平台整合社区各类养老服务资源，联合社区饮食、医疗、维修、超市、家政等服务企业，为居住在家的老年人提供包括“紧急救援、日常照顾、家政服务、休闲娱乐、法律咨询、精神慰藉”在内的综合性养老服务项目，为更多留守老人提供简单、快捷、优质的一体化服务。并对部分生活困难且行动不便、独居及高龄空巢的老年人，由政府免费发放一部集通讯和呼叫为一体的手机，俗称电子保姆，利用平台呼叫系统为老人提供全天候 24 小时呼叫帮助服务。它会按时提示老人吃药时间，可以直通渭南市社区居家养老服务信息平台。

渭南市老龄办主任张庆华告诉我，现在渭南市农村老人只要年龄够 70 岁，有渭南户口，不分身份，都能领到高龄生活保健补贴。其中，70 ~ 79 岁每月补贴 50 元，80 ~ 89 岁每月补贴 100 元，90 ~ 99 岁每月 200 元，100 岁以上每月补贴 300 元。

与此同时，渭南市在 2004 年引进“欧盟助老项目”，一期三年，分别在蒲城县和合阳县做试点，欧盟向老年协会提供种子资金约 20 万。“当然这仅对于生活能够自理的老人，为他们提供致富项目。”对于农民来说，申请资金，三年内还要将本钱还给老年协会；除此之外，在此项目中，欧盟还积极培养村医、组织老年人体检，加大资金购买老年人活动器材、建造老年活动室等。张庆华把欧盟提供的项目称为“开发式助老脱贫自救项目”，目前渭南市已经参与了三期欧盟自助。“第一年提供生产资料，第二年提供资金，第三年帮助农民培训。”

民政部社会福利和慈善事业促进司副处长张晓峰在接受我的采访时介绍，目前社会养老服务体系主要由居家养老、社区养老和机构养老三部分组成。

居家养老服务涵盖生活照料、家政服务、康复护理、医疗保健、精神慰藉等，以上门服务为主要形式。社区养老服务是居家养老服务的重要支撑，具有社区日间照料和居家养老支持两类功能，主要为家庭日间无人看护或无力看护的社区老年人提供服务。

机构养老服务以设施建设为重点，实现基本养老服务功能，养老服务设施建设包括老年养护机构和其他类型的养老机构。老年养护机构主要为失能、半失能的老年人提供专门服务。

“首先，民政部支持农村养老服务的发展，‘支持’主要体现在坚持资金保障和高龄补贴制度；其次，民政部发放养老服务补贴，有专项资金保障失能老人养老。”张晓峰说。据我了解，民政部目前推广的农村养老方式是互助模式和集中居住方式。互助模式主要针对健康、能够自理，有劳动能力的老人，对于长期卧床的失能老人，“我们推荐住进当地的养老中心。”

同时，留守老人的养老问题，也不能仅靠政府，单靠政府的力量是不够的，还需要子女在经济上供养、地方政府也需要加大力度对政策的落实。最后还要鼓励社会力量，发动那些在城里站稳脚跟的人回乡投资和创业。

张晓峰向我透露，民政部将从 2013 年开始，连续 3 年从中央福利彩票事业中拿出每年 10 亿元投放到农村，专门致力于农村养老机构的建设，“平均每一个地方上的养老院将分配到 3 万元。”

五、“常回家看看”：一笔糊涂账

2013 年 7 月 1 日起，新修订的《老年人权益保障法》将正式施行，规定家庭成员不得忽视冷落老年人，与老年人分开居住的，应经常看望或问候；不得强迫老年人住条件低劣的房屋；子女或其他亲属不得干涉老年人离婚、再婚及婚后的生活。

2013 年 6 月 11 日，时近端午节。武汉城区的张女士提着绿豆糕、皮蛋，赶到独居在江夏纸坊的父亲家，想陪父亲过端午节。令她没有想到的是，父亲已离世多天却未被人发现。

逝者张某，今年 72 岁，原是武汉一家科研单位的保卫。退休后，因不愿与武汉中心城区的家人住在一起，老人选择了租金相对便宜的花山社区独居。据邻居们说，他生活节俭，平时连手机都舍不得用，需要时就用街头公用电话与儿女们联系。

“今年 4 月中旬，父亲与我联系过一次，后来就再没联系了。”老人的女儿称。江夏警方接报后赶到现场，发现老人在浴室离世，遗体部分已经炭化，初步估计离世 10 日以上。

后悔不迭的女儿，来不及尽孝，甚至连父亲的最后一面、最后一句话，都未见到、未听到；常因“工作忙”“离得远”为理由，不回家或很少回家探望父亲，不免酿成终身遗憾。

很快，顺应而生的老年人权益保障法于 2013 年 7 月 1 日开始实施。

至此，社会各界对“常回家看看”条款的法律和道德界限、实践中可操作性、落实探亲假等问题持续关注，全程参与这部法律修改的山东大学法学院教授肖金明，在面对社会的种种关切和质疑时，做出了积极回应。

肖金明向公众介绍，立法起草过程中，不少人就认为子女常回家看看是道德范畴的事情，不应该用法律来调整。我国目前处于社会转型期，无论家庭道德、社会道德还是伦理道德的作用力都出现下降，用法律来调整社会伦理是不得已的做法。这样规定，是希望用法律来支持道德，让法律和道德并肩发挥作用，不存在法律对道德领域的强行介入。

江苏无锡的法院在 2013 年 7 月 1 日依据“常回家看看”条款进行了首例判决，引发社会对该条款可执行性的讨论，今后会否引发这类诉讼的“井喷”？肖金明教授认为，无锡一个区级法院在该法生效之日做出首个精神赡养判决，具有一定的意义。首先，在法院审判过程中，对“常回家看看”的“常”怎么理解，是据当地情况和社会常理做出判决的；其次，这个案例会促使每个赡养人认真对待条款以及背后所反映的厚重的道德诉求。但实际上，通过司法方式实施该条款不是立法的本意，现实生活中，父母状告子女的情况也不多。

社会上对“不常回家看看怎么处罚”的疑问，实际上是把法律条款的可操作性与可诉性、可制裁性两个概念混淆了。肖教授认为，可操作性包含的内容，除了可诉性、可制裁性外，还包括评判施行、行政问责、调处家庭纠纷等重要原则。社会立法中具有可诉性、可制裁性，而侧重于鼓励、倡导、保障。如果能督促政府和社会履行应有的责任，能促使家庭更好地履行义务，就体现了社会法条款的可操作性。

有人认为，因工作繁忙、探亲假难休等客观原因，很难做到“常回家看看”，法律这样规定是否欠考虑？肖教授说，“常回家看看”属于倡导性条款。实际上，经常问候是满足老年人精神需求的主要形式。有条件能常回家看看固然好，条款是将“看看”与“问候”并列，中间用了“或者”。是说即使回不了家，打电话、发短信、写信问候也可以达到这样的效果。问题是现实生活中不少人连“经常问候老年人”都做不到。

另外，家庭的精神赡养是满足老年人精神需求的最好途径，但并不是说政府与社会在“常回家看看”方面没有责任。这部法中提到用人单位有责任认真执行国家有关探亲休假制度也是“常回家看看”条款的应有之意。

有人主张调整、延长公休假，增扩休假主体，保障探亲假的真正落实等是可行的。对政府而言，建立和完善国家支持家庭养老制度，出台相关政策支持老年人宜居环境建设、规划亲情住宅，是对“常回家看看”条款更具实效性的做法。

有网友称，探亲假实施已有 32 年，但一直形同虚设。此次新法一出台，立即引发社会对探亲假的热议。“百善孝为先”，有人支持用司法来强化人伦；也有人认为，这一规定的可操作性有待商榷。此外，还有很多人在讨论如何才能“不违法”。

究竟是什么拖住了儿女回家看望父母的脚步？新浪微博互动调查显示，四成网友苦于“工作忙，有假无休”，三成多网友则表示因为“离家太远，交通成本高”……

“给 5 ~ 10 天的带薪探亲假，来点实际的吧！”网友“丽萨的闲情逸致”这样说。有媒体据此发起调查显示，近五成网友希望单位能给出这样一个假期。

“哪个子女不想回家陪老人？若不是工作忙、假期少、离家远……天天陪着老人了！”不少网友感慨道。

其实，“探亲假”并非新提法，早在 1981 年，第五届全国人大常委会第十七次会议就批准了《国务院关于职工探亲待遇的规定》。该规定的实施，旨在适当解决职工与配偶、父母长期分居两地的探亲问题。

依此规定，凡在国家机关、人民团体和全民所有制企业、事业单位工作满一年的固定职工，与配偶或父母不住在一起，又不能在公休假日团聚的，可以享受探亲假。

其中，未婚职工探望父母，原则上每年给假一次，假期 20 天；如果因为工作需要，本单位当年不能给予假期，或者职工自愿两年探亲一次，可以两年给假一次，假期为 45 天；已婚职工探望父母的，每 4 年给假一次，假期 20 天。职工探望配偶和未婚职工探望父母的往返路费，由所在单位负担。已婚职工探望父母的往返路费，在本人月标准工资 30% 以内的，由本人自理，超过部分由所在单位负担。

“探亲假？还有这种假期呢？”前不久，我随机在身边采访近 20 位同事、朋友，超过半数的人都瞪大眼睛反问。也有不少人表示，听说过，但单位从没把它摆上日程，他们也不敢提这种事情，“关键是领导也不休这种假期。”我的同行，在单位编辑部门总编室工作，一年到头忙得连休假时间都没有，更谈何探亲假！

“按新法规定，我已经违法多年了！工作忙、离家远，总感觉法定假日不够用，很希望能有个实实在在的‘探亲假’！”在北京打拼多年的小徐告诉我，在每年春节时回家看看父母，平时因为工作和应酬根本就没有精力回去。

在湖北一事业单位工作的小胡也说，虽然每年都有公休假，但基本上没有休过，工作太忙、领导不批，回家看父母难成行，“探亲假若能切实实行，也算是个不错的福利。”

我们不免有这样的疑问，该方案出台 32 年，目前很少有人能享受，探亲假究竟怎么了？

对此，有相关劳动法专家表示：“该规定自出台以来，就一直没有进行过修改，但也没有废止。只不过 30 多年过去了，规定里的内容已经不再适合当前社会。”

20 世纪 80 年代，国内还没有健全的休假制度，交通也不像现在这样便利。因此，回家探亲是一个费时费力的旅程，“探亲假”便应运而生。“如今，各项休假制度已比较健全，交通也发达了，儿女们完全可以利用正常假期回家探望父母，探亲假的重要性便不那么突出了，要想重新利用探亲假，还需要对探亲假的规定细化，与时俱进地修改。”

不过，律师丁香则认为，“不管探亲假过不过时，回家看望父母，不能过于依赖这一名头，只要儿女有孝心，平时多给父母打打电话，放假多跟父母在一起才是重点。”

2013 年 7 月 26 日，“常回家看看”入法后，南京第一案在六合开庭。

家住南京六合程桥的冯奶奶今年 78 岁，生活条件不错，衣食无忧，可老人家有个心结：二儿子赵涛 18 年来未曾踏入家门一步，这么多年来，她总梦到这个儿子和从未见过面的孙子。眼见着自己岁数越来越大，冯奶奶不想留下遗憾。可是，她实在是找不到赵涛，无奈之下，老人家只好通过诉讼的方式让儿子回家，了却自己一桩心愿。

据悉，这是国内“常回家看看”入法以来，公开审判的第二例案件。

20 年前，冯奶奶的老伴撒手西去，留下她和三个儿子。大儿子赵平住在冯奶奶家附近，平时对她可以说是照顾周到，关怀备至；三儿子也时常去看望母亲。可是二儿子赵涛，冯奶奶却 18 年都没见到。按照老人的说法，赵涛当初因为有事离开家，没想到自此断了联系。

六合法院法官仝鑫接到老人的案子后，同情她之余，很想完成冯奶奶的心愿。可是，老人提供的是赵涛以前的地址，现在根本没有人居住。以往，对于这种被告地址不明的案件，如果法院经邮寄上门都送达不到的话，就会采取在报纸上登公告的形式，视为被告人收到。

法官跟冯奶奶讲了法定程序后，老人急得直摇头说“不行不行”，公告是送达了，可结果还是看不到儿子，看到了公告，他却不到庭怎么办？“我不是为了要法院的判决，就是想见见我的孩子。”

随后，仝鑫找到了赵涛所在村的村委会了解情况。村主任说，赵涛十几年没有回家了，他们也联系不上他。

本以为又要无功而返，这时村主任提议，不如问问赵涛的老丈人，看有没有联系方式。一听说女婿 18 年没回自己的家，老人有些惊讶。因为女儿女婿几乎每年都回来看他。那他到底是什么原因不愿见自己的亲人呢？法官拨通了赵涛的电话，得到的回答却与冯奶奶的说法大相径庭，“不是我不回家，是我对这个家很失望。”说完就“啪”地挂掉电话。

仝鑫明白，赵涛与冯奶奶间必有隐情。村主任帮法官想了一招，现在村里正在拆迁，补偿款已经下来了，可以用这个理由让赵涛回来。担心赵涛看到陌生号码不接，这一次由老丈人出马，拨通了女婿的电话，说了几句后，村主任把电话接过来，“赵涛，村里的拆迁款下来了，你如果不亲自回来拿，那这部分拆迁款就都属于你大哥了。”这一招果真奏效，赵涛同意回到村里。

考虑到赵涛回来也不会去见母亲，法官决定把庭审设在村委会，这样也方便老人到庭。

庭审现场，赵涛看着满头白发的母亲，心情很是复杂，转身就要走，法官叫住了赵涛，把他拉到一边：“这么多年你不回家，你并没有尽到赡养义务。”

经过法官的劝说，赵涛终于打开了话匣子。他认为，母亲偏心大哥，当年他们三兄弟为分家的问题闹得很不愉快。一气之下，赵涛离开了家。

“今天回来了，才知道老妈一直在等我。”

经过调解，母子俩终于和好，赵涛主动每年给母亲 2000 元赡养费，还保证在节假日回家看望老人。

“下次回来把孙子带给我看看。”

在调解书上签完字，冯奶奶一字一顿地叮嘱赵涛。

六、外国人如何养老?

养老难。不仅是中国，在美国、日本等发达国家一样难。无独有偶,曾在 2010 年 2012 年两年中热播的《母亲的最后一日》和《桃姐》两部电影征服了老中青三代，除了引起老年人的共鸣外，还让年轻人重新审视自己对父母，以及社会对老年人群体的关怀等问题。

《桃姐》中，我印象最深的一个镜头，是一位常在养老院跟妈妈吵嘴的女儿，在妈妈过世之后，拎着她的遗物，站在大厅里哭。这是一个不鲜见的情节，但导演许鞍华并没有用近景与特写，甚至没有用正面，只是展现出一个中远的背影，而且只占了画面的近二分之一。左边的二分之一画面，是两个老头儿在悠闲地下象棋，一个中年女护工悠闲地嗑瓜子。

如此对比强烈的画面，导演想表达什么？是亲情的转瞬即逝？社会对老年人的淡漠？还是命运的残酷？但正如许鞍华自己所说，拍这部电影并不是指向什么社会现状，而单纯是因为她自己也已经 65 岁，是一个老人，至今未婚，无儿无女。所以有位导演做出这样的解释：电影的本质是记录，许鞍华正是用一种轻描淡写、不着痕迹的手法，在记录自己逐渐步入老年的日子。这样的记录也符合了电影中的主人公桃姐到晚年洗尽铅华，淡泊如水的状态。

正是这样一部电影，如同最简单的白开水，非但从头到尾的口感和味道是一样的，就连吞咽的节奏都一样。这并不是一部催泪片，在后来看到桃姐住进养老院之后发生的种种，我会觉得电影是在批判社会对时下老年人的养老不够重视。《桃姐》所拿出来给观众看的，都是最日常的生活画面，碎片式的画面，甚至很难说有什么明显的叙事线索。电影本身没有起伏，有起伏的是观众的心绪。全片甚至连配乐都很少用，只在罗杰接桃姐回家，两人一起收拾旧物那一场，起了淡淡的配乐，依然是像电影的口感那样，摒弃煽情，但求温情。

电影开头那位过世的母亲，面对儿子的不孝，女儿的责难，尽管眼神令人心碎，但是脸上依然坚强倔强。所以在观看本片的时候，不但老人深有感触，即便是年轻人也会忍不住想象自己的晚年。

没有生离死别，只有一张张空床位，只有一场追悼会，一张黑白照片，和坚叔的一束白玫瑰。导演刻意回避，因为那已经不是桃姐的生活。时隔一年后，桃姐仍然温暖了身边的每一个人，也温暖银幕下的我们。

看《桃姐》，我们想起的老太太都一样：爱干净，嘴很刁，还常口不对心。桃姐在养老院上厕所时用嘴撕下一张面巾纸堵住鼻孔；桃姐把一家人的嘴养得很刁，等桃姐做不动饭时，家人才发现别人做的饭菜已很难入口。大家说要去探望桃姐时，她不止一次地说："你们工作很忙，就不要来了……"

主演刘德华说："你看的不是桃姐而是你自己，每个人都会有老去的一天。"事实上，我们每个人身边都有"桃姐"。她们或许就是你的老伴，或许是你的妈妈，或许就是家里的保姆。有网友说，趁还来得及，不要让你身边的"桃姐"老无所依。

对于中国的独生子女一代来说，父母的养老问题已然无法回避。今后，供养 4 个甚至更多老人将会成为中国家庭的常态。无论对年轻人还是老年人来说，这都是一个相当纠结的事情。一方面，他们觉得家庭关系很重要，希望父母在子女身边安度晚年；另一方面，子女将为此承受巨大的压力。

事实上，我国的家庭养老条件明显缺失。根据民政部公布的数据，目前我国城乡空巢家庭超过 50%，部分大中城市达到 70%。人口老龄化已成为当今世界一个突出的社会问题，也引起了国际社会的关注。许多国家都在想方设法，让老年人“老有所依”。

美国的社会老龄化现状堪忧。2010 年，美国 65 岁以上老年人口达到总人口的 13%。预计到 2030 年，65 岁以上的美国人将占到 20%，85 岁的人数将增加 50% 以上，100 岁的人数更有可能增长近 3 倍。

而美国主要的养老方式是老年公寓“半托制”养老机构，即社区互助的居家养老。

在经济衰退的大背景下，美国养老院的数量在 2000 年至 2009 年间下降了近 9%。经济衰退已经使新的养老院建设难以得到私人融资。

据调查了解，美国的老人公寓类似四星级宾馆。也正因如此，越来越多的美国老人喜欢住在老年公寓里。一般的老年公寓有多个单元房，只租给 55 岁以上的老年人。大一些的老年公寓有人管理，也称“退休社区”或“退休之家”，除了租赁房屋外，还提供就餐、清扫房间、交通、社会活动等便利服务。典型的设施和服务还有：医务室、图书室、计算机室、健身房、洗衣房、紧急呼叫系统、外出购物、组织参加社会活动等。公寓内每周放一次电影，还提供两小时免费卫生服务，定时有人上门帮忙，其服务标准不低于四星级宾馆。

据了解，除老年公寓外，“半托制”管理也受到许多美国老年人的青睐。所谓“半托制”，即老人白天在养老机构生活，晚上回到自己的家。

美国养老中心的经费是主办者向美国联邦政府申请，经审查合格后，联邦政府给予一定的资助。同时，中心可以接受社会的捐赠，这种捐赠经联邦税务局按程序核定无误后可以在税前列支。至于收费，目前没有具体的标准，完全是按每个托保人的经济状况而定。

除了以上提到的两种方式，近年来，在美国逐渐兴起互助养老舒适居家。这是一种以社区为单位，联合互助的居家养老方式。

“国会山村”是一家非营利社区组织，成立于2007年，主要向“村民”免费或低价提供交通、购物、简单修理等服务。“村”里共有“村民”300余人，来自200多个家庭。每人每年缴费530美元，一家800美元，低收入人群每人每年100至200美元。这些费用占各项开销的一半，另一半来自捐赠。

冈萨雷斯是华盛顿“国会山村”成员之一。“我不想住进养老院。”冈萨雷斯说，“我非常喜欢独立，想干什么就干什么。”这名满头银发的老人现年 87 岁，一想到离开家，离开充满年轻时候回忆的地方，他就觉得心慌。

“国会山村”志愿者及社会服务主任朱莉·麦根嘎达在接受媒体记者采访时说，志愿服务是该机构运营的基础。尽管“村”里不提供医疗护理，但会帮助老人实现居家舒适生活。“村”里有一条全天候电话热线，“村民”随时可以致电寻求帮助。此外，“国会山村”还提供会议、电影、晚餐、体操课等服务。在“村”里提供各项服务的主要是志愿者。“国会山村”有超过 200 名志愿者，其中一些既是“村民”又是志愿者，在享受服务的同时做一些力所能及的回馈。

这种在社区内依靠志愿者服务的居家养老方式最早于 2001 年出现在波士顿，如今，全美已建成超过 66 个“村”，还有逾 120 个正在筹建中。

相较美国，在日本颇为盛行的商业养老院更加注重个性化。2012 年统计数据表明，日本 65 岁以上老人约为 3000 万人，占总人口比例达 23.1%，每 5 人中即有 1 名老人。

日本的主要养老方式主要依托于老年公寓“半托制”

养老机构和社区互助的居家养老。日本政府将养老设施分为多种类型，包括短期居住型、长期居住型、疗养型、健康恢复型等，其中政府在全国建设了约 3100 处健康恢复型养老设施和约 3700 处老年疗养医疗设施。

此外，不少企业建设个性化的商业养老院。看护型养老院主要供身体不便和患病老人入住，由养老院下属团队为入住者提供看护服务。住宅型养老院供身体状况正常的老人居住，当老人需要看护服务时，企业提供临时看护服务。健康型养老院类似宾馆，院方只负责打理老年人的日常家务。在日本，上述种类的商业养老院数量已超过 2000 家。

放眼欧洲，瑞典的居家养老模式也渐成主流。瑞典目前主要有三种形式，即居家养老、养老院养老和老人公寓养老。在瑞典，在养老院养老的一般是基本上失去生活自理能力的孤寡老人。虽然养老院硬件设施一应俱全，而且从吃饭到洗澡都有人照料，但由于缺少人情味，瑞典老人不到万不得已，一般是不会住进养老院的。

据了解，公寓养老是 20 世纪 70 年代在瑞典兴起的一种养老形式，类似于国内小型的干休所。不过近年来，老人公寓养老已不再时兴，一些老人公寓被逐渐改造为普通公寓。瑞典政府目前大力推行的是更具人性化的居家养老形式，争取让所有的人在退休后尽可能地继续在自己原来的住宅里安度晚年。主管老人社会福利事务的部门，会根据老人需要，提供包括个人卫生、安全警报、看护、送饭、陪同散步等在内的全天候服务。

德国是世界上拥有较为健全的社会福利体制的国家。其成立的“乐龄合作社”为老人养老提供了未雨绸缪的保障。在德国，进入“专业护理老人院”是老人们最普遍的一种选择。这些养老院拥有世界一流的硬件设备和人员管理方式。不过近年来，德国兴起了一种名为“老年之家”的互助养老方式。一些害怕孤独又不愿意去养老院的老人自发组建自己的小天地。在“老年之家”中，成员共同分担家务，互相帮助，一起参加社会活动，让老人远离孤独，也体会到了家的温馨。此外，德国一些社会团体和地方政府也探索出了包括“多代屋”在内的多种互助养老模式。这种方式不仅有助于开发老年人潜力，还有助于促进代际交流。如里德林根的“乐龄合作社”，不仅老年人可以加入，年轻人也可以加入进来。参加者可以选择小时工资，也可以把服务小时存入合作社，用以日后获得同样时间的免费服务。

在“常回家看看”入法后，一些年轻网友这样吐槽：与其强制常回家看看，不如为其创造条件。那么国外政府都通过何种方式鼓励民众“常回家看看”呢？

据相关媒体报道，美国人纳税以家庭为基本单位，所以国税局计算家庭的总收入后，还要减去这个家庭因为赡养老人所产生的减免额度。2011 年，减免数字为每位老人 3700 美元。当一个家庭的纳税人负责赡养自己的父母、配偶的父母以及双方的祖父母的话，那么这些被赡养人的减免额度可以列在年终报税表里，从而获得退税。

不少人认为美国的税法繁复，不过这也有好处，即有章可循。并非所有支持父母生活的人都能减税，比如子女偶尔分担一部分父母的房屋装修费，就不够资格。美国国税局对此有严格详细的规定，但只要符合条件，政府也绝不刁难。

将父母纳入免税资格时，有几项条件必须符合要求。第一，父母必须是美国公民、加拿大公民和墨西哥公民或是持有绿卡和有合法常住身份的移民。第二，老人的年收入中，纳税部分不超过 3500 美元。就是说，美国国家提供给老人的退休金理论上无须纳税，可是老人的某些收入，比如利息收入、股票收入是要纳税的，这一部分不能超限，所以要认真计算。第三，纳税人支付老人的生活费用和医疗费用总和的 50% 以上，即可申请父母为被赡养人。

美国税务专家说："即使子女和父母不住在一起分居两地，甚至老人已经住进老人院，只要合并计算一年中老人的消费总数，包括住房或租房费用、食物和服装消费、医药费、医疗保险费、请人照料费（护士费用或保姆费用）、医疗器材（包括轮椅、医疗床等）、交通费和其他所有必要的取暖和照明等花费，只要纳税人提供的份额超过一半，就可以合法省税。"

美国人汤姆·约翰森的母亲住在老人院里，她每年的个人养老金收入为 5000 美元，可是全部生活费用为 11000 美元。因为母亲是汤姆的被赡养人，即他为母亲支付了 6000 美元，合并在汤姆的家庭报税中，他将获得相应的退税优惠。

如果由几位子女共同承担养老，只要总赡养部分高于 50%，哪怕每人只负责 10% 的部分，也可以申请退税。汤姆有两个兄弟，兄弟三人每人每年为母亲支付 2000 美元，所以就都具备了减税资格。不过按规定，被赡养人每年只能申报在一份税表上，那么这三兄弟就得商量好，轮流申报。

在美国，老年人的生活照顾、康复护理等人工服务费用十分昂贵。即使是有保险和退休金的老年人，长期下来仍是十分沉重的负担。很多美国人不得不聘请保姆或是定期上门的护士，协助照料年迈的父母或残疾家人。也有很多人愿意亲自照料家人，甚至有的人辞掉工作搬回到父母身边，照顾父母的饮食起居。

美国联邦政府和地方政府中，有相当多的管理机构向这些无论是请人还是自己照顾老人的家庭伸出援手，符合条件者能够得到相应的补贴，缓解他们的经济压力。

在政府部门的服务平台上，至少可以找到十几个不同来源的补助项目，并且有专家回答民众的问题、作申请咨询。如果申请人需要照顾的父母年龄在 65 岁以上，这些专家会指点申请人收集自己和老人的各种资料，让他们获得补助。子女负责老人的生活，使其老有所依，是政府设立和发放补助的初衷。

日本的老年家庭问题，或称“空巢”问题是在 20 世纪六七十年代经济腾飞时凸显的。日本是一个较典型的“男子中心主义”社会，妇女一直是赡养照顾老人的重要力量。但是在工业化和都市化的迅猛冲击下，传统的“男主外，女主内”的家庭观念发生了深刻的变化，越来越多的妇女走出了家门，参加各种社会活动，使家庭的护理、赡养功能弱化。20世纪60年代以来日本制定的《老年人福祉法》《老年人保健法》《高龄社会对策基本法》等，更多地强调国家、地方政府和相关社会组织的养老责任，很少见到家庭养老的内容。近年来，由于社会养老成本过高，以及难以解决精神慰藉问题，政府开始强调家庭养老的价值，并对家庭养老给予政府补贴。

1982年，《老人保健法》出台，日本老人福利政策的重心开始发生转移。这项法律和1989年制定的“黄金计划”，以居家养老、居宅看护为发展方向，构建了具有日本特色的“居家养老”模式。由政府出资，培训10万家庭护理员，负责看护老人、处理家务；普及托老所，提供短期入住、看护、治疗；设立70亿日元的长寿福利社会基金，推出“银色住宅计划”，开发了一批低价位的“三代同堂”式住宅，对愿意入住的家庭，提供优惠贷款。同时，鼓励发展民间福利机构，推动老年保障社会化、多元化。

与此同时，日本政府还规定和实行了一系列有利于推进家庭养老的社会保障措施，包括：如果子女照顾70岁以上收入低的老人，可以享受减税；如果照顾老人的子女要修建房子，使老人有自己的活动空间，他们可以得到贷款；如果卧床老人需要特殊设备，政府予以提供；同时在社会舆论上提倡三代同堂，提倡子女尽抚养老年人的义务。

韩国建设交通部2007年发布的《住房认购制度改革方案》规定，赡养父母、岳父母、祖父母或外祖父母的家庭将获得优先购房权，最高可在申购房屋时加上3分。韩国媒体认为，这项规定一方面缓解了孝顺子女的购房压力，另一方面也鼓励了赡养老人的良好风气，实在是一举两得。

韩政府正在拟订中的《住房认购制度改革方案》规定，为解决那些无房户或少房户的需要，从2008年开始，在韩国政府、大韩土地公社和大韩住宅公社提供的土地上建设的85平方米以下的一般民用住宅，将根据户主年龄、家庭人口数、无房时间以及收入等进行打分，然后按分数的高低来决定购房的优先顺序。近两年韩国房价上涨势头迅猛，让很多想要购房的年轻人望而却步。

因此，能在买房时获得加分优惠就显得十分重要，而如何鉴定加分标准也就成了关键。

新加坡政府制定了一系列福利政策，对家庭养老给予支持，为家庭养老提供了更多的实现途径。自1993年以来，曾推出4个专门的“敬老保健金计划”，每次计划政府都拨款5000多万新加坡元（下同），受惠人数达十七八万。又如，政府推出“三代同堂花红”，即如与年迈父母同住的纳税人所享有纳税的相应利益。因病重而严重残疾的人，如果家庭月收入不到700元，每月可获得180元援助金；家庭收入在700～1000元之间，则每月可获100元援助金。

另通过住房政策鼓励子女与父母共同居住。建屋局规定，在分配政府组屋时，对三代同堂的家庭给予价格上的优惠和优先安排，同时规定单身男女青年不可租赁或购买组屋，但如愿意与父母或四五十岁以上的老人同住，可优先照顾；对父母遗留下来的那一间房屋可以享受遗产税的减免优待，条件是必须有一个子女同丧偶的父亲或母亲一起居住。

近年来，移民英国的难度众所周知。然而一个英国人或是合法移民的父母或祖父母需要照顾，那么英国政府将简化移民手续，准许老年人入境并常住该国。

英国政府规定，定居人年满18岁，想申请到英国的定居人父母、祖父母年满65岁，并有足够的经济实力，不占用英国的社会福利，那么移民手续将简化。

截至2012年底，全球人口已经超过70亿。其中60岁以上的人口有8.93亿，占12.76%。到本世纪中叶，老龄人口将增加到24亿，占比超过25%。人口数字在持续攀升，女性的生育率却在逐渐下降，人口老龄化将成为全球性的困境。

中国目前社会保障的覆盖率还比较小，绝大多数中国人主要依靠自己养老，政府远没有达到大包大揽的程度。而且，我们的养老保障也主要是针对城镇居民，广大农村尚未接轨。当然，在转轨过程中，要想让社会保障体系一夜之间覆盖所有7亿多劳动力，也是不可能做到的。这是一个不争的、不可一蹴而就办到的“壮举”。

与西方国家当年建立社会保障制度相类似的背景是：中国当下也面临大量劳动力涌入城市的问题，这里不乏新一代农民工。如果现在开始建立并完善社会保障制度，意义无疑是深远而重大的。

在安徽采访一位留守老人，他很无奈地问我，我们的养老问题究竟该指望谁？因为说好的低保、大病医疗保险，“迟迟未能到账。连几十块钱都被‘克扣’，我们就真的只有土地了。”

让民众“老有所养”是构建和谐社会的一大目标，只是不应只在城市，而忽略农村及偏远地区；更不应该只做表面文章或花拳绣腿，而不下真功夫、办实事。

七、后记

出发去陕西采访前，我买了很多糖果，想着到那里分给农村的孩子们。真正到了，我才知道，村里的儿童，要么上学，要么随打工父母进城，家里大都只剩下暮年长辈。当我走出一户户家庭，从包里掏出糖放入他们的手心里，老人的一句“觉得日子苦了，再拿出来吃一颗”时，我的眼泪不加掩饰地夺眶而出。相较我们现在的日子，已然太甜蜜。

如果你没有到过农村，没有经历过他们的故事，永远不会懂。

日子有多苦，我仅仅是旁观者，他们却是苦日子的亲历者。

我无力帮助太多，只有记录，写下来，让更多的人看到。

沉重之外，更多的还是感动。我走进每一家，那些脸上布满皱纹、身子不方便的老人，都礼貌地站起来，习惯性地倒茶、端水果，拿出不知放了多久的点心、糖果，往我怀里一边塞，一边说："别嫌弃，随便吃。"

孤独的晚年生活，不仅给他们带来体格上的极早衰老，还有疾病与未知。他们与土地日夜为伴，春播夏收，如果哪天无力耕作，便也只能听从命运安排，随遇而安。

站在陕西的黄土地上，低头便是裂口的干涸，开车时扬起的黄土，放眼望去的土路，让人不得掩面前行，甚至那一刻，我有立刻返回北京的冲动。但这里的老人，无力挣扎，只得守着这最后一寸希望。我的心，撕扯般地疼痛，几日的采访，我竟与他们，仿似有了血脉联系。

出发前，我与当地联系，几次都想去陕西渭南蒲城县，因据很多媒体披露，那里的留守老人情况较其他县而言，更为严重。央求再三，依然未能成行。不免留下难言遗憾。望那里的老人，能够通过各方的力量，过上老有所依、老有所养的晚年生活。

也记得采访陕西小伙王荣林，他说，把往事和记忆全盘托出给一个陌生人，如果是熟人绝对没那个勇气。一日深夜，他在QQ空间写下了一句话：夫人，我就像个搬砖工人，抱着砖，就没法抱你；放下砖，就没法养你……理想的美好远不及残酷来得真实。

我感谢此行配合我、相信我，向我真诚地讲故事、坦诚说真话的老人、年轻人。是他们，为我和读者还原了现实农村留守老人的最真实面目，并为此篇报告文学提供了最真实的一手素材。

注：应被访者要求，本文部分人名采用化名。